JN330413

西行の思想

自意識と絶対知

毛利豊史

専修大学出版局

目次

装丁――馬田裕次

西行の思想　自意識と絶対知

序章

西行の作品は、弾き方が忘れられた古楽器に譬えられることがある。[1] 人口に膾炙した名歌も多く、またその人物像がよく紹介されたりもするが、いざひとたび西行の表現の世界に足を踏み入れてみると、一体西行が何を問いかけ、何に拘わり、何を求めていたのか、また何故このような表現をしたのかが、その明晰な言葉の使い方にもかかわらず、およそ判然としなくなる場合が多々あるからである。その為もあって、現在まで数多くの研究家達が様々な角度からその古楽器本来の弾き方を追求して来ており、質量ともに極めて豊富な解答の試みがなされている。

しかし論者は、その全てに目を通したわけではないが、研究家達は古楽器の基本の調べ、謂わば基調の音程に配慮せぬまま弾き方の解明を行なっている、つまり西行の作品内部にある根幹の部分に触れることなく作品に接しているような気がしてならないのである。西行の作品に一貫し、生涯その中心軸としての在り方を一点も揺るがすことのなかった表現の根幹部分を、多くの場合殆ど考慮していないように思えるのである。

かつて小林秀雄はその『無常といふ事』の「西行」の中で、西行は自意識家であったと喝破している。[2] まさしく、小林が言う如く、西行の中心軸はこの自意識なのである。むしろ自意識が衣を着て草庵に住み、歌を詠み、旅をしたと言ったほうがいいような、それ程極度の自意識家なのである。だから、西行のこの自意識に触れずしてはその作品の根幹や人物像の枢軸に接したことにはならず、従って西行の表現の世界にその本来のあるべき姿において触れたことにはならないのである。

小林の喝破は、以来殆ど閑却されてしまった。古楽器の本来なすべき弾き方もまたごく僅かの例外を除き、およそ忘れ去られたままであると言ってよい。何故そうなってしまうのか。そのおおよその処を言えば、我々一般において、西行が自らを託した歌の表現世界や隠遁者としての生活や宗教等の特有の意味合いが我々の時代の遥か以前に（特に明治近代以降）忘却されてしまっており、従ってそれらに対する西行の独特の関与の仕方もまた忘れ去られ、関与の仕方において顕わになるべき自意識における固有の問いや拘わりや求めるものが殆ど見えなくなってしまっているからである。その意味で小林の洞察は、我々の忘却の歴史への鋭い批判を含意したものでもあったのだが、我々はその批判さえもまた緩慢に忘却の彼方に押し流して来たのである。

さて我々一般の忘却の点は暫く措くとして、諸研究家たちは西行の作品や人物像の真相に迫ろうとしてその解答を提出しているのに、どうして西行の中心軸としての自意識に気付かないのであろうか。その点に一寸触れておけば、それは彼らの研究方法そのものにその気付きを遮蔽する要因が潜んでいるからだと考えられる。

西行の作品や人物像に関してなされた国文学や歴史学の諸研究に共通する基本的方法はおよそ実証主義の立場のそれである。それらの学問の諸研究家たちはその立場を大前提とし、諸々の実証資料を駆使して西行の真相に迫ろうとして来た。しかし、西行の中心軸は決して実証的事実にその痕跡を留めてはいない。なるほど西行はその実人生において日常の謂わば現実経験の世界に生きて死んだのであり、その点で西行の実生活やそれに即した意識の在り方は実証的事実に対応する経験的な意味合いを有していたものであったことには間違いない。しかし、そうした実証的事実をどれほど細かく分析しその結果を積み上げたとしても自意識そのものには辿り付けない。自意識はその本来の存在性格として実証的現実経験的事実を否定しその事実が存する世界を超え出て行く存在であるからである。

また西行の真相に関する研究方法として、実証主義とは反対の極に位置する立場として仏教学や宗教学における観念論的理解の立場がある。西行が関わった仏教や神道といった宗教に見出されるその教理や実践を含めた観念論的な体系の枠組みに依拠し、その枠組みへと西行を取り込む方法である。なるほど西行は宗教に深い造詣があり、それが作品や人物像の根本に反映しているのは間違いない。しかし、そうした方法に乗っ取った合理的理解がどれほど精緻になされたとしても、西行をその枠組みに閉じ込めることは出来ない。自意識はその超え出るという性格において、実証的事実の世界のみならず宗教に見出される観念論的な体系の枠組み内部にも自足することは決してないからである。

西行の自意識は現実経験の世界や観念論的枠組みを否定し超え出し、作品内部に表現の姿形をとって宿るのである。

さて西行のその表現は、その本質において現実経験の世界における触発から生成された夢想としてのそれである。その夢想は、夢想する自分を主人公にした夢想である。主人公の実生活は畢竟その夢想からの逆立像として顕わにされる。この夢想は宗教観念の色合いを基底として有している。その色合いは夢想が観念を取り込んだのであってその逆ではない。宗教観念は現実経験の世界における意識内部に吸収されちりばめられ、夢想のうちに取り込まれ夢幻の有り様として顕わになる。主人公はこの夢幻の世界を、観念に相応して様々に変貌する宗教的人格の主体者の像という在り方をとって巡歴してゆく。

自意識は超え出る性格とともに、こうした夢想する自分を夢想の表現において投企する性格を有している。言うならば、自意識はその存在性格において、現実経験の世界や観念論的枠組みを否定し超え出しながら夢想及び夢想する自分という在り方をとって、自らを表現の世界に投企するのである。

諸研究家の実証資料や観念論的枠組みに立脚する方法は、認識論的に以上の如き自意識の存在性格を把握することが出来ない。それらの提示する西行の像は西行の自意識の活動の謂わばある種の抵抗面を示すに過ぎない。彼らの方法自身が彼らの西行の自意識への気付きを遮蔽しているのはその為である。

さて自意識そのものはその根柢に固有の問いを切り結んでいる。この問いの切り結びを核としてその性格が成り立っていると言ってもよい。その問いは自己とは何者であるかという問いである。その問いを基盤として、表現の世界へと自らの意識経験を投企すること、その一連の営みは、思想の営みと呼ばれるものである。思想とは、そもそも問いが個々人においてどれだけ鋭く自覚されているかどうか、またその表現がどのような意味論的な準位における言葉や事柄の追求を中心課題としているかどうかは別として、この自意識の問い及びそれを巡る自他及び自己内部における対話・対決としての表現を言うのである（このことはより明確に言えば倫理思想としての思想の営みである）。即ち、自意識の表現者である限り、西行は紛れもなくこの思想家なのである。西行はその極度の自意識においてその思想的営みとしての表現を明確な自覚の裡になし続けた、その意味で極めて本来的な思想家なのである。

その隠遁歌人や宗教者としての姿は、思想家たる西行の謂わば属性ではあってもその本性そのものではない。夢想は固有の問いの謂わば解明として現じたものである。西行の自意識という中心軸はその問いを暗々裡の前提としたその解明を証する表現の世界、つまり作品を相貌とするテキストの中にのみ屹立している。テキストの外部に立っているのではない。西行の自意識に近づくにはテキストそのものへと内在することを措いての他にはない。

さて、西行をその本来のあるべき姿において捉えんとする為には、思想を学問の対象とし、それをテキスト内在的に究明する倫理思想史の方法に基づく以外にはないと言ってよい。

倫理思想史の方法はかつての思想を対自化することである。それは、かつての思想を、自分たちの伝統の中における自分たちの思い出として、他人事ではなく対自化することである。(3) 言い換えれば、かつての思想を対自的に辿る（なぞる）ことである。西行に即せば、西行の自意識における思想的営みをテキストそのものに即して対自化し、それを謂わば我がこととして辿りなぞらえることである。そういう対自的辿りという方法を持つ倫理思想史という学問においてこそ、忘却の幾重もの戸張を押し開き西行の作品の本来のあるべき姿に接しうるのである。

ところで、西行の問いそのものは、我々がひとたび自分についての意識としての自意識をもって生きる以上、我々の人生の本源に切り結ばれた我々自身の問いでもあり、その解明の内実は我々自身の人生の真の拠り所の何たるかに深く関わるものでもある。西行への対自化、倫理思想史の方法としての西行の思想への対自的辿りは、我々自身のそうした本源や拠り所そのものを我々自身が我々自身に即して自覚し問い解明すること、即ち我々自身の思想の可能性にも否応なく繋がって来るのである。西行の作品が人口に膾炙し続けられているのは、我々が知らず知らずのうちに西行の思想を我がこととして辿り、西行の作品を通して暗黙の裡に我々自身が我々自身の本源や拠り所に接し、いつしか何処かで我々自身の思想を我々自身の辿りに向けて紡ぎ出している為であると言ってもよいだろう。倫理思想史の方法はこの暗々裡の辿りを自覚的に遂行する方法であるとも言える。

さて西行において宗教は、その自意識の固有の問いにおける解明の指針となるものとして、言うならば思想家の本性に基づく根本的な関心において要請されて来たものである。従ってその実生活における意識内容や自意識の表現内容において、宗教諸観念は否応無く吸収され取り込まれて来ざるを得ないものである。

その宗教諸観念の中枢にあり諸観念を根本的に統括しているのは仏の絶対知という仏教における絶対的認識を示す観念である。逆に言えば、諸観念は常に仏の絶対知の観念との関係を前提とすることによって機能するようにその企図において取り込まれているのである。

西行にとってこの仏の絶対知の観念はその思想における固有の問いの解明の究極的指針である。西行にとってそれは、他の宗教諸観念の取り込みに少なくとも論理的に先行する枢要の観念として、その根本的関心の必然として不可避的に要請され取り込まれ続けているのである。

さてまた西行の表現は歌の表現世界においてなされている。歌の表現世界そのものは遥か古代における表現を残存させた表現世界である。西行の表現はそのような内実を持つ歌の表現世界への投企として自覚的になされているのである。

この歌の表現世界は、西行における絶対知の観念に対する取り込みの具体的展開の中で、要請されて来たものである。

西行の自意識は、絶対知における解明の在り方を取り込み、自己の何たるかを自己そのものの発生に即して解明すべく、発生の端緒としての古代（究極的には歴史の原初）における初源的発生の認識に向かう。その場合、古代における発生を巡る出来事を歌の表現において残存させる歌の表現世界が認識を導く媒介として求められるのであり、西行は、その表現を通して直接的乃至は示唆的に特定される現実経験の世界における発生の場所に至り、発生の思い出を捉え、自己の何者かの一端を解明する。さらに西行は歌の表現世界へと解明内容を投企する。歌の表現世界において初源の発生に連なる形で解明を証し、絶対知の有り様を示し出すのである。歌の表現世界は、その点で、西行において自ら取り込んだ絶対知による解明の在り方を、その実質において証示する世界でもあるのである。

以上の如く、歌の表現世界は、絶対知を介した解明の媒介として求められ、且つ自らによるその解明を示す世界でもあるのであり、その意味で、絶対知の観念に対する取り込みの具体的展開において謂わば必然的に要請されたものなのである。

本書は西行の思想を、自意識の絶対知への不可避的関与の点を主題として考察するものであり、西行における自意識と仏の絶対知（乃至は宗教諸観念）の内容を検討しつつ、各々がどういう内実において相互に繋がっており、且つまたその全体がどういう在り方において歌の表現世界の中に表現されるに到っているのかを論述するものである。倫理思想史の方法に立脚した、西行の思想への対自的辿りの試みである。

なお、その試みにあたって、本書は今述べた主題に即した西行の思想の骨子、つまり自意識の活動の輪郭を、その内発的な軌跡の本質を鑑みながら把握することを課題とした。論述においてはその輪郭を抽出し本質を鑑みる為に、意識に関する一般の概念や他の操作概念を多く使用した。概念の多用は、テキストを通じて直観される活動そのものを、その成立理由そのものからの動きの経緯に即して多角的に分節化し、且つ分節化したものを活動全体の本質的意味を勘案しながら抽出して表わす必要の為である。言い換えれば西行の自意識の活動の輪郭を、テキストを通じて謂わば搦め手（西行を透かして我々自身へと向かうそれでもある）から辿り、概念的な再構築を試みたわけである。

本書で試みた概念的把握は、あくまでも西行に対する倫理思想史としての辿りのごく表層的一面であり、従って倫理思想史の方法自身によって西行の思想そのものへ向けて乗り越えられねばならぬものだろう。その点で、本書は西行の思想そのものへの辿りの一つの準備的段階にあたるものである。

古楽器は概念の輪郭像を通して、その基調音程の真相を少しでも明かしてくれるだろうか。

註

（1）石田吉貞『隠者の文学』（塙書房、昭和四十四年）参照。

（2）小林秀雄「西行」（『無常といふ事』創元社、昭和二十一年）参照。

（3）佐藤正英『日本倫理思想史』（東京大学出版会、平成十五年）参照。

第一章 自意識と隠遁

本章は本書全体の序論的な章である。ここでは、西行の自意識とはどのようなものか、また西行にとって隠遁とは何だったのか、また両者はどう関係するのかについて考える。論述においては、自意識について述べる場合、キーワードとして「対自化」という語を使用する。これは我々の意識の在り方として〈自分〉が〈自分および自分の経験〉に「向き合うこと」である。さて〈自分および自分の経験〉に向き合うのだから、〈自分〉は〈自分および自分の経験〉から離れ浮き上がることになる。浮き上がったままならば〈自分〉は糸の切れた凧のように拠り所を持たない不安定な存在となる。そのような〈自分〉は〈自分〉の何たるかを見失った状態にある。そこで不安定な〈自分〉はどこかに真の拠り所を欲し求めることになる。この〈自分〉の欲し求める力を本書では「根源的欲動」と表わすことにする。さて西行は浮き上がった処からその拠り所を求めるのだが、現実の世界のどこにもそれを見出すことは出来ず、結局現実の世界の外部に求めることになる。そこは夢想と実在の世界であり、〈自分〉の何たるかがはっきりと分かる処でもある。本書では現実の世界を「現実経験の世界」、夢想の世界を「幻境世界」、実在の世界を「存在の境域」と表わすことにする。なお「現実経験の世界」は日常としての「世俗世界」と拠り所が影を落とす「周縁世界」から成り、両者は日向と陰の関係にある。拠り所の「幻境世界」と「存在の境域」とは表と裏の関係にある。また「現実経験の世界」と「幻境世界」は逆立の関係にある。西行の隠遁は「現実経験の世界」から拠り所へと向かう「根源的欲動」に促される途方もなく激しい衝迫なのである。

一 隠遁の端緒――世俗世界への対自化

鳥羽院に出家のいとま申すとてよめる
惜しむとて惜しまれぬべきこの世かは身を捨ててこそ身をも助けめ　（西行上人集・六三七）[1]

詞書の意は「鳥羽院に出家隠遁のお別れを申し上げる、として詠んだ」である。歌意は「この世は惜しんだとしても惜しみ通すことなど出来るものではないのだ。出家隠遁して自分自身を救済しよう」である。

西行（一一一八―九〇、俗名は佐藤義清）二十三歳、「鳥羽院」下北面の武士の身分と家族を捨てて出家隠遁する時の歌である。「惜しむ」や「身」といった言葉の畳みかけの姿形の中に、西行の異様に切迫した息遣いを感じることができる。

切迫した息遣いは西行の逢着した問題の退っ引きならなさとその解決の在処に今まさに全身心を投げ込まんとする意識の緊張から来ている。言葉の畳みかけによって表わされたこの歌否むしろ歌ならぬ歌は、そうした意識の緊張とその意識内容とをはっきりと伝えている。(2)

西行はここで伝統的な歌の姿形など全く気にしてはいない。西行は自らの生き方に関わる問題を巡る自分の意識を直に表現しているのだ。言い換えれば自分の問題を自分が如何に解決するかという自らを巡る思想を、謂わば極く生硬な形で外化しているのである。

そこで、西行の心中に思いを致しながら、歌に即して西行の問題とその解決への投げ込みの在り方が如何なるものかを見て行くことにしよう。

歌によれば「この世」はまず「惜しむ」べきもの、即ち捨てようとしても捨て切れず心残りに思うもの、つまり未練を感じさせ愛着さるべきものとして西行に立ち現れている。

「この世」とは現実の世界を指す言葉である。現実の世界は自分や家族乃至は一族、或いは自ら仕える宮廷社会に関わる面々、或いは友人知人等々を含めた応答可能な人々が暮らす世界であり、またよくその使用法や利用法を心得た事物及びそういう人や物の関わりにおいて出来する事象が到る処に存し、またよく見知った自然の光景が取り囲んでいる世界である。自分や人々はその世界の中で他の様々な人々との出合いや交わりや別れを繰り返し、泣いたり笑ったり等々しながら生活している。この現実の世界はさしあたり西行にとっての謂わば現実経験の世界であり、自分や人々や事物・事象等々はその現実経験の世界の直中に所与として存立している。

そうした現実経験の現実世界内の自分や人や事物・事象は、通常においてはありふれた日常的意味を持って存立している。その世界は日常的な意味を持つ事柄に溢れた世界、日常的な意味を持つ事柄の存在の根拠をそれとして収斂する世界、謂わば世俗世界としての在り方をとって存している。

西行は今、その自分が生活してきた世俗世界を眼前に捉えている。その世界はまさに自分の未練に満ちた愛着の対象たるべき世界である。自分が現実経験において慣れ親しんだ世界だからであり、更に言えば自分が自分で有り得た世界であるからである。

世俗世界を眼前に捉える時、西行の視点は自分が生活して来たその世界における経験全体を対自化する処に存している。言い換えればその視点は世俗世界を既に一旦離れ、謂わば世俗世界の外側に立ち、そこから世俗世界全体を俯瞰的に捉えている視点である。無論、ここでは世俗世界内の経験全体や世俗世界全体を細部まで隈無く明晰に認識し尽くしているわけではない。隠遁にあたってそれまで経験して来た事柄や世界のおよその全体像のまとまりを未練に満ちた愛着の対象として眺めているのだと言ってよい。未練に満ちた愛着の感情はその視点において現実経験における慣れ親しみの感情が対自化された感情だと言ってよい。

さて西行のこの未練に満ちた愛着を持って眺める視点は、次の瞬間に急激に徹底化される。即ち、世俗世界は直ちに「惜しまれぬべき」ものとして立ち現れるからである。

「惜しまれぬべき」とは、この句だけを取り出せば、惜しむことがきっと出来るだろうという意である。(3) つまり（反語は一旦措くとして）未練に満ちた愛着の対象はここにおいて愛着の感情を保持し続け得べきものとして、謂わば未練愛着し尽くしその感情の極度に増幅さるべき対象として西行の眼前に現れて来ているのである。視点に即して言い換えれば、ここにおいて対象に関する対自的関わりの仕方が愛着感情の増幅によって徹底化されていると言ってよい。というのは、愛着感情の増幅は対象をより明瞭に捉えんとするだろうし、そのことは対自化が、その働きをより強めるべく、より徹底してなされることだと見做しうるからである。ここにおいて感情の極度の増幅によってそれまでの対象の在り方や視点の在り方が謂わば極限化しているわけなのである。

この極限化の中で、西行は未練愛着の対象たる世俗世界を眼前にして、その世界を懐かしく見入っている。そこでは親しんだ人々やまたかつての自分が生き生きと暮している。未練愛着の感情は高まり続け、対自化の徹底化によってその世界の有り様は細部まではっきりと浮かび上がっているだろう。そしていつしか西行はその世界の中に帰ろうとしているだろう。未練愛着の極みに、まさに未練愛着をなし尽くそうとして、その世界における現実経験に取り組ってもう一度かつての生活をやり直そうとしているだろう。止め処もなくかつての生活へ戻りそれと同一化したいという欲求が溢れているだろう。愛着は愛着する者とされる対象との一体化を志向するものであろうからである。

しかしそうした未練愛着の視点の極限的在り方は、また次の瞬間において今度は強引に否定されてしまうのだ。即ち表現で言えば「この世かは」という反語による未練愛着の否定が直下になされるのである。

そもそも歌の上句の表現は、世俗世界を心残りに思ったところでどうしてきっとそう思うことなど出来ようか、いや出来はしないだろうという風に反語の形でなされている。つまり少し戻れば、未練愛着の極みが結果的に否定される形でまず出来しており、その極みが最終的に否定される、そのような表現内容を展開しているわけなのである。つまり未練愛着の否定はその単純な否定としてなされているのではなく、未練愛着が増幅し尽くした挙げ句の否定であり、増幅の過程を踏まえた上での否定である。表現内容全体は、譬えて言えば風船が膨張を続けた挙げ句終に破裂する、その膨張と破裂の様を描く様な具合に表わされているのである。

この否定において世俗世界は未練愛着の相貌を変え愛着し得ぬものとして立ち現れている。またその変化に相応して視点もその在り方を変えていると言ってよい。というのは視点は世俗世界という対象（相貌が変化した対象）を捉えているのみならず、愛着は出来ないという感情の否定の仕方で、それ迄愛着をもって眺めた挙げ句同一化せんとしていたそれ迄の視点そのものを否定しているからであり、その意味でそれ迄の視点とは異なるものとなっていると考えられるからである。

この反語使用による心情の転換を西行の意識経験に即して言い換えればこうなるだろう。まず西行の意識は世俗世界を未練愛着の対象として捉えるのだが、その捉える意識が今度は極限的に活動した時点で次に自らを否定するというように、謂わば自己の極限を介して否定的に自己を乗り越えて段階を一段登る様に動いているのである。その否定の動きにおいて意識の対象たる世俗世界は未練愛着の対象から未練愛着たり得ぬ対象へとその相貌を変じ、対象を見る意識の視点もそれに相応して変化しているのである。もう一度言い換えれば、意識の経験が対自化の段階から謂わばその対自化する意識自身を乗り越えた意識の段階へと自己否定的に上昇している、そのような意識の上昇がこの転換において存しているのであると言ってよい。

さて感情の否定によるこの意識経験の上昇はいったい何を意味するのだろうか。

そこでこの否定の動きの内容をもう少し詳しく見てみることにする。

二　世俗世界を対自化する意識自身への対自化

まず世俗世界を未練愛着の対象として捉える意識はその世界における自らの経験内容を対自化する意識である。この意識においては世俗世界とその中に暮す自分が俯瞰されている。俯瞰されてはいるが世俗世界における意識とそれを俯瞰する意識との間には明確に鋭い否定関係が形成されているわけではない。この場合未練愛着するのであるから、否定的に乗り越えた者と乗り越えられた者との両者が反発しあうといったような対立が決定的にあるのではない。しかし、まったく否定がないのではない。俯瞰し外側から捉える以上、一旦世俗世界の意識は否定されているはずであるからである（なぜ否定がなされたかは後述する）。西行の未練愛着は謂わば世俗世界の意識を否定した意識がもう一度自分を否定し、世俗世界の意識へと還帰せんとする在り方だと言ってよい。この還帰への自己否定的傾向は、感情の増幅に伴って乗り越えた者における乗り越えられた者への同一化の傾向として増大の一途を辿っていると見做しうる。

しかし、この還帰せんとする在り方は成功しない。少なくとも西行の意識においてはそれは不成功裡に終わる。西行の対自化する意識は世俗世界の意識へと自分を自己還帰的に否定するのだが、還帰した意識は世俗世界の意識と十全に同一化しないのである。もし十全に同一化し得ているならば最終的に愛着し得ぬなどとは語れぬからである。この不一致は二重の否定の経験が同一化を妨げるからだと考えてよいかも知れない。ともかく西行の意識はこの還帰の不成功において自らと世俗世界の意識との決定的な不一致を経験するのだ。

ここにおいて意識は自らの還帰の不成功を見出している。言い換えれば意識は愛着し通すことは出来ぬという形で還帰の不成功という自らの限界を捉えるのだ。この限界の発見は感情の増幅に相応した対自化の極限において意識が自己の限界を発見したということと見做してよい。

さてこの限界の発見において意識は自らの対自的在り方自身を見出している。見出しているがゆえに世俗世界の意識経験に愛着する対自的な意識を否定すべきものとして捉え得るのである。自らを見出した以上、意識は対自的在り方を既に乗り越えていると言ってよい。意識は自己超克的に自らの段階をもう一段乗り越える形で自分を否定し、その否定によって乗り越えられた対自的な意識の不一致の対象たる世俗世界の意識経験を愛着し得ぬものとして対立的に捉えるのである。なおこの場合、世俗世界とそこに住む自分とが愛着を否定された在り方で立ち現れるにともなって、対自化の視点自体も一段乗り越えられた対象として顕わになっていると言ってよい。その視点は愛着の対象たる世俗世界の意識経験を眺めていた自己像として顕わになっていると見做してよい。対自化の意識を自己超克的に乗り越えたこの意識は、謂わば対自化の意識をもう一度対自化する意識である。この意識は、世俗世界の意識の否定としての対自化の意識が己れそのものの有り様を直観した意識段階に達したものだと言い換えてもよい。この意識において、かつての愛着の対象たる世俗世界の意識経験はもはや同一化し得ぬよそよそしいものとして、またそれに愛着していた自己像は乗り越えられた前段階の自分としてよそよそしく自己の眼前に現じているのである。

西行は隠遁の当初において、世俗世界の意識経験を愛着の対象として対自的に眺めながら、なおそのような対自化それ自体における意識経験をさらにもう一度否定し且つ対自化するという、異様とも言うべき意識の緊張の地点

に立っているのである。(4)

三　自意識の自己自身への問い及び問われるべき自意識の生起

さて、この対自化の対自化とも言うべき意識の在り方、つまり対象としての世俗世界の意識経験を対自的に意識するとともに対象を対自的に意識する自分をさらに意識する意識の在り方、即ち自意識（以下このように緊張した自己意識を自意識と表現する。つまり通常の自己意識は対象と自己を見る対自としての意識を言うが、その自己意識が自らの活動の中で自己自身を対自的に意識した場合、異様なことになるのだ）という在り方をとって活動する意識経験の在り方、これこそ実に西行を隠遁へと駆り立てた西行の逢着した〈問題〉そのものだったのである。西行は自らが自らの意識の有り様として有してしまった自意識というものに〈問題〉として正面衝突しているのである。そして自意識の自己否定的在り方を対象に即して語ることは、西行にとって自ら逢着した〈問題〉そのものをそれとして語ることだったのである。

その〈問題〉の有り様は、或る何かが自己において自意識として生起し自己を圧倒し呑み込んでくる有り様である。その何かへの自己の関与を問い掛けの形で言い直せば、自意識として活動するそういう自己とは何かという問いとなる。この問いは自己自身を意識して止まぬ自意識においてのみ問われる問いである。その問いは自己の何たるかを対象とし、問うている自意識自身を、捉えんとする対象の成立根拠の側へと投げ込んだ問いである。

ここで一寸付言しておけば、こういう自意識乃至は自己意識の姿は近代にのみ固有なものであって、前近代においてはそもそも自己は明瞭には対自化されていないというのが通説ではある。しかし決してそうではない。例えば道元（一二〇〇—五四）の『正法眼蔵』「現成公按」に次のような一節がある。

仏道をならふといふは、自己をならふ也。自己をならふといふは、自己をわするゝなり。自己をわするゝといふは、万法に証せらるゝなり。（『正法眼蔵』第一「現成公按⑸」）

道元がここで用いている「自己」という語は本来意識についてのみ示される語である。「自己」は意識が意識自身を反省し己れを明瞭に捉えた処に成立するものを示すものである。この意識の自己性と、事物・事象を捉えるのみで反省がまだ不明瞭な素朴な対象意識とを総合せしめた意識が自己意識である。つまり道元は、意識について対象意識のみならず自己性を明瞭に認識する自己意識として認識しているのである。道元のこの認識の在り方自体を意識として言い換えれば、自己意識への意識である。

道元は、そうした自己意識を意識しており、さらにまた道元のその意識においては自己そのものの何たるかが問われてもいる。道元は意識し問うからこそ、この表現における如く、「自己」の何たるかを「ならふ」つまり学び追求することが出来ると考え、さらにその追求において「自己」を「わするゝ」こと、謂わば「自己」を括弧に入れることが出来ると語り、なおそれによって「自己」の何たるかを悟る（「万法に証せらるゝ」）ことが可能だと表現し得るのである（以上が「仏道」を学ぶ真面目であると道元は考えている）。逆に言えば、道元において、その何たるかについて学ぶべき、また括弧に入れるべき、或いは悟るべき自己がそれとして明瞭に対自的に意識され問われている、つまり自己意識が意識され問われているわけなのである。

道元のこうした「自己」という語の使用や表現からも、自意識乃至は自己意識が近代固有のものではないことは明らかであると言ってよいのである。

さて、そもそも何故西行が〈問題〉に直面していると言えるのかと言えば、西行は〈問題〉に逢着したからこそ自らを救済せんとして出家隠遁することになったのである。この救済については後の節で詳しく見るのだが、当該の歌の下句ではっきりと詠まれており、逆に言うと、自らを救済せんとすること自体が既に何らかの解決を求めるべき〈問題〉の発生を前提としているのである。西行の場合その〈問題〉の内容こそ右に述べてきた自らの自意識そのものであったのである。

ところで、ここで一般的な見地を踏まえながら、自意識の有り様とそれが実際どのような〈問題〉として生起するのか（この点は次節で述べる）を見てみたい。

そもそも自意識は世俗世界の現実経験においてはその経験の只中に埋没していると考えてよい。世俗世界においてはその世界全体や自分の存在など明瞭には意識化されてはいないだろうからである。意識はただその対象となるべき世俗世界内の人々との交流や事物・事象等への配慮に忙しいだけであろう。即ち自意識は自分を明確に活動させているのではなく謂わば活動を弛緩させているのだと言ってよい。或いは意識は自らの自意識的活動を潜在的に内包している段階にあると言い換えてもよい。世界全体や自己の存在は暗々裡にこの意識の外側に追いやられている。

しかし或る時、自意識は自分を主張し始める。その切っ掛けは現実経験における何らかの出来事によって意識が交流や配慮等に関する自らの限界を知る処にあると言ってよいだろう。限界の発見がなければ、現実経験に埋没した即自的な意識は何時までも自らの活動を無際限に信頼し自らの活動に十全に充足し続け、敢えて対象全体や自分自身を言分けする必要はないであろうからである。限界の発見は、即自的な信頼や充足への意識による懐疑をもたらす。この懐疑によって意識は現実経験の世界とその中の即自的な自分を発見し対自化する様になる。現実経験の世界が自己の関わる対象と自己像として顕わになると言ってよい。この対自化において意識が内包していた自意識の活動が顕在化し始める（通常の自己意識である）。

しかし、この限界の発見は自意識を顕在化し始めはするものの、意識はすぐさま現実経験内の交流や配慮に忙しく働かざるを得ず、対自的在り方を一つの意識経験として取り込みつつ再び即自的な段階へと還帰してしまうことがしばしばである。

自意識が明確に自己主張するのは、現実経験における何らかの出来事が異様な在り方で出来する（乃至は認識される）場合である。異様な出来事というのは、現実経験の世界の存立が根本的に脅かされる事態ということである。そのことによって意識は自らの即自的在り方におけるその絶対的限界にぶつかるのであり、現実経験に即せば交流や配慮がその事態によって絶対的に不可能となるのである。こうした絶対的限界は意識に自らの即自的な在り方としての存立可能性が絶対的に否定されることを認識せしむる。意識においてその絶対的否定性が認識された時懐疑は極限に達するのであり、自ら住む現実経験の世界全体及び即自的な意識の在り方そのものが対自化される。絶対的否定性の認識によって世界内の交流や配慮の可能的在り方が全的に否定され、可能的在り方を即自的に内包していた世界全体や意識そのものが世界という対象全体と自己像そのものとして意識の眼前に捉えられて来るからである。

そのような全体を対自化する意識は即自的経験の段階を否定しその外側に乗り越えており、従ってかつての段階のごとき拠り所を失ってしまっている。意識の眼前の対象には現実経験としての自らの経験そのものの存立不可能性という負の刻印が押されているからであり、自らは世界及び自己像を懐疑において認識するのみであって、自らの存立を保証するものは対象的にはさしあたって何処にもないからである。しかし意識が様々な方途でこの不安定な在り方を超え出ようと試みた場合（何らかの安定を欲することは意識の本質的なものに基づくと考えて進める）、拠り所を求めて即自段階に自己否定的に還帰せんとする場合もしばしばである。なぜならばかつての拠り所が現実経験において厳然とあるからである。しかし還帰せんとする意識がそもそも自らの絶対的限界を認識した意識たる限りにおいては、自らの還帰の不能性が再度決定的なものとして確認されて来ざるをえず、その還帰は畢竟挫折に終わらざるを得なくなるだろう。或いは還帰に限らずとも、不安定な意識が何らかの安定を求めんとした場合、安定の不能性は必然的に再確認されるだろう。そうした対自的な意識自身の限界の認識においてその意識自身は畢竟自らを懐疑の俎上に乗せるのであり、そこにおいて対自化する意識自身が認識されるのである。この懐疑的な自己認識においてまさに対自化の対自化としての自意識（異様な自己意識）が明確に己れを出来させているわけなのである。

この自意識は現実経験の世界を乗り越えた外側の地点にも安住し得ず、また現実経験の世界の中にも安住し得ない。対自的な自己意識としての自らにもまたその対象（現実経験の世界内における対象と自己）にも一致しえない。

それは意識が安定点を持たず懐疑が悪無限の謂わば旋風のように自ら関与するものを斫断し続ける異様な意識である（この異様さは意識の特殊な在り方と言うよりむしろ、意識自身の有する本性に由来するものと考えてよいと思われるが、この点については措くことにする）[6]。

さてここで、今述べた異様な自意識の有り様について、一般論は措いて、西行の表現をいくつか挙げて西行自身に即して見ておくことにする。

心から心にものを思はせて身を苦しむる我が身なりけり　（山家集・雑・一三二七）

『山家集』「雑」の「恋百十首」と題された歌群中の歌である。歌意は「自分自身の心によって自分の心に物思いをさせて、自分を苦しめている自分であった」である。ここでは「恋」の何たるかや「恋」の対象が如何なる者であるかは問わないことにする[7]。見るべきはその「心」の異様な様である。

ここで「心」は「もの」思いに悩む「心」を捉えている。そして捉えたその「心」が「もの」思いに悩む「心」自身について対自的に「もの」思いをしているのである。そしてそういう「心」「から（によって）」「心」へと対自的に「もの」思いする自己の意識を更に「身を苦しむる我が身」と対自化して、なおその自己へと「もの」思いしてしまうのである。

この歌には、対自としての自己意識そのものに対自的に逢着してしまった異様な自意識の懐疑の旋風が表わされている。こういう懐疑の陥穽に陥った自己は自己自身を含めた一切に拠り所を持たず、苦汁の裡に悪無限的にその懐疑を繰り返さざるを得ないのは必定である。

うつつをもうつつとさらに思へねば夢をも夢となにか思はむ　（山家集・雑・一五一五）

さてもこはいかがはすべき世の中にあるにもあらずなきにしもなし　（西行上人集・五六〇）

前の方の歌は『山家集』「雑」の「無常十首」中の歌であり、歌意は「現実が一向に現実と思えないので、夢をどうして現実ならざる夢と思えようか」である。なお、西行以前或いは同時代において「うつつ」と「夢」の転換を詠んだ類想歌は多いが、西行の特異な際立ちはその転換を「思」いの求心的有り様において表わす処にある。[8] 後のものは『西行上人集』の「無常の心を」と題された六首の歌群中の一首であり、歌意は「それにしてもこれはどうしたらよいのか、自分は現実の世界に存しているとも言えず、かといって存していないとも言えないのだ」である。

自意識の懐疑の旋風は「うつつ」を斫断し、「うつつ」ならざる「夢」もまた斫断しつづける。斫断は「うつつ」や「夢」を斯く「思」い或いは斯く「思」えぬ自分自身が、まさに「うつつ」のものなのか「夢」なのか、その拠り所そのものへの斫断でもある。そして斫断は、拠り所を斫断する自分自身がそもそも世俗世界としての「世の中」に「ある」ことへの斫断であり、或いは「世の中」に「なき」こと即ち世俗世界の外側に「ある」ことへの斫断でもある。さらに斫断はまた斫断する自分自身が外側に「なき」ことへの斫断でもある。

途方もない悪無限の懐疑の旋風は極度の苦痛を西行にもたらす。畢竟「さてもこはいかがはすべき」という煩悶の喘ぎが吐露されるのである。

おぼつかな何の報いのかへりきて心せたむる仇となるらむ　（山家集・恋・六七八）

かき乱る心やすめぬことぐさはあはれあはれと歎くばかりか　（同・六七九）

両歌は『山家集』「恋」の「恋」と題された五十九首の歌群中に並べて配せられているものである。前歌の歌意は「分からない。前世に一体何をした報いが帰ってきて、心を責め苛む仇となるのだろう」であり、後歌は「千々に乱れて心の休まることのない折の言葉は「ああ、ああ」という歎きの言葉が出るばかりである」である。

「心」は「何の報い」が因果応報の「仇」として今ここに「かへ」って来たものか知らぬままに、その「仇」としての旋風の巻き起こりに責め苛まされている。自意識は旋風のそもそもの「何」たるかを問い続け、煩悶を繰り返している。煩悶に煩悶を重ねる「心」は千々に乱れ「あはれあはれと歎くばかり」に終始する他なく、更にその「歎く」言葉自身が「心やすめぬ」言葉として「心」に再帰的にもたらされ、「心」は何処までも「かき乱」され続けるのである。

あはれあはれこの世はよしやさもあらばあれ来む世もかくや苦しかるべき　（同・七一〇）

この歌も今引用した「恋」の歌群中のものである。歌意は「ああ、ああ。現世は仕方ない。どうとでもなればよい。しかし来世でもこのように苦しいのだろうか」である。

自意識の旋風による煩悶の「苦し」みは現世においてのみならず、生まれ変わった来世においてもなお己れに襲い掛かり続けるだろうことがひしと直観されている。まさに旋風の直中において、旋風そのものの凄まじい異様さと巨大さが、その悪無限的な果てしない継起の様が直観されているのである。

四　絶望としての自意識――夢想の生起と自己の根拠への問いの生起

自意識とはその悪無限的旋回において絶望的事態の直中にいるのである。否むしろ自意識とは即ち絶望そのものの謂いなのである。

絶望としての自意識は、自らの極度の不安定さを意識の内的本質によってなお克服せんとする。絶対的限界を確認した自意識が欲する安定は、絶対的限界を乗り越えその限界を絶対的に否定すべき安定、即ち絶対的な安定である。

さて自意識の絶対的安定は、自意識にとって絶対到達不能なる地平として現れる。それが到達可能ならば自意識はそこに希望を持つのであり、その限り自意識は既に絶望ではなく従ってそれはもはや自意識ではないだろうからである。また自意識は自らの直接の死滅を可能性として期待することも出来ない。死滅が直接可能ならばそれもまた一つの希望であり自意識は絶望ではないことになる。自意識はまさしく一切に安住し得ず一切から孤絶する絶望を以て己れの本性とするのである。

絶対的安定は不可能なる地平の側に、絶対到達不能という絶対的に否定的な在り方を取って現ずるより他はない。それは到達に向かわんとする意識の本質的な要請（根源的欲動と呼ぶことにする）が絶対的に挫折する処において、その絶対的挫折を通して、謂わばその回折として生じる絶対的な願望によって打ち立てられる夢想として現ずるより他はない。(9)

さてその絶対的な否定としての不可能なる地平は、絶対的な願望とともに絶対的否定を認識する意識を分立せしめる。分立した意識は絶対的否定をもたらせた不可能という絶対的限界を介して自意識の対自化へと向かう。その対自化において分立した意識は自意識である自らの本性が何故斯く絶望なのかを問う。問いは分立した意識が絶対的願望の否定態として自意識自身を（斫断された対象を介して）対象として意識する有り様である。問いはさらに根本的問いへと求心する。根本的問いは絶望の本性の理由を問う意識そのものの絶望への問いであり、分立した意識自身への問いとして顕わになるものである。即ちその問いは、斯く絶望でありなお絶望として存立する現存在たる自己そのものとは一体何者かという問いである。何故という対象の条理を求める問いを斫断し、問い自身を自己そのものの実存の根拠——乃至は存在論的意味——へと直接投げ込んだ自意識の根本的問いである。この問いは自意識の根本的問いであるとともにまた固有の問いであると言ってもよい。

この分立において顕わになる問いが自意識の〈問題〉——自意識が根拠としての何かから出来し、その何かに帰入（存在論的な意味の開示へと向かう）して行く様相として立ち現れた状態であり、且つその何かがそれ自身において隠蔽せられているという在り方をとって、自らの何かとしての立ち現れに謂わば非・現前的に自らを証しているような状態である——そのものなのである。

さて以上はあくまで謂わば形式的に自意識と〈問題〉の生起を語ったのだが、西行は世俗世界の意識経験に決して還帰しえずまた対自の段階をも否定し続けるそういう自意識の絶望に晒されていると言ってよく、まさしくそういう自意識の偽らざる有り様を〈問題〉として、つまり自意識の対自化、即ち自意識（異様）の自意識（異様な自己を見る意識）として問いつめているのである。(10)

ところで本章冒頭の歌に戻れば、西行は自意識を〈問題〉とし問いつめつつ、しかもなおその〈問題〉へと到らざるをえなかった意識の経験の様を紛れようもなくはっきりと見届けていることに注意する必要がある。自意識が〈問題〉として眼前に出来しながら表現の文《あや》には全く乱れがなく、その意味で絶望の旋風に全面的に巻き込まれることなく冷静に自らを表わしていると言ってよい。そこにそうした〈問題〉やそれに到った自己の経験全体への俯瞰的な見届けの姿勢を見出すことが出来るのだ。このことは、西行が〈問題〉において自意識を問いつめながら、その〈問題〉を根拠の方向において冷静且つ自覚的な内省的省察の観点において捉えんとする傾向を有していることを物語っている。その観点は、或る予感に基づいて立ち得た西行の特有の立場である。その立場において見えて来るべきものを表わしているわけなのだと言ってよい。西行は自意識の有り様を絶望において〈問題〉としつつ、そこから僅かに身をずらし、その〈問題〉の根拠への投げ込みを孕んだ自らの已むを得ざる意識経験を冷静に見届け、決然とその様を言い切っているのである。表現における「惜しむ」の畳みかけに、西行の心中において緊張や不安や〈問題〉への意識とともにそうした冷静な姿勢が蔵されていることを読み取ることが出来るのだ。

なお、こうした西行の内省的省察は出家隠遁の時点において始まったばかりである。内省はまだそれとしてはっきりとその在り方の輪郭を形成していないと言ってよい。そうした内省にとって自意識の根拠が何なのかは無論定かではなく、また本来根拠を見極め得るかどうかも定かではないのである。ただその根拠を真正面から正視せんとし、〈問題〉に到った実存の不可避的事態から決して目を逸らしてはいないことだけは確かである。隠遁の当初に、後年において空前の深さと明敏さを現わす西行の内省的自己省察は既に起動しているのである。[11]

五　問いの解決の方途としての隠遁——隠遁一般について

西行において自意識が明確に自己主張を始める契機となる事態が具体的に何でありいつ頃訪れたのかは定かではない。しかし、本章冒頭の歌にあるように、出家隠遁を断行した時点で自らの〈問題〉に決定的に直面しているわけであり、出家隠遁からはるかに遡った時点において既にそうした事態としての自意識という絶望が西行を襲っていたことは確かである。そしてその〈問題〉が極度に西行を苦しめ、出家隠遁の時点で、その〈問題〉がほとんど極限的に先鋭化していたものと思われる。

自意識の根拠は何なのか。西行は〈問題〉を問いつめ、自らの全身心を賭けてその直接的解決への道を歩み始める。その道がまさに出家隠遁という行為であったのである。

歌の下の句の「身を捨ててこそ身をも助けめ」とは、西行にとって出家隠遁が如何なる行為であるのかを如実に語ったものである。なおこうした表現においても、西行が今まさに出家隠遁せんとする極度に切迫した事態においてさえ、隠遁する己れを冷静に見届けんとしている、そういう観点の存在を見出すことが出来るだろう。冷静でなければどうして隠遁という行為が自分にとって何なのかを謂わば自己解明する形で語れようか。

ところで「身を捨てて」と語られた「身を捨つる」こととは、出家隠遁を表わす言葉である。そこでこの出家隠遁についてその一般的な処をごく簡単に述べておくことにする。なお、以下の隠遁一般論は佐藤正英氏の『隠遁の思想』を参考にしつつ、論者の意見を少々交えて述べたものである。(12)

出家隠遁という言い方をしたが、西行は所謂隠遁者である。隠遁者は中古から中世にかけて数多く現れており、西行の時代においても隠遁者は有名無名を問わず多く輩出している。さてこの隠遁というのは、その本来の在り方からすれば、何れかの寺院の僧侶になることではない。寺院の僧侶は当時はあくまでも世俗世界の一つの職業であり、隠遁はそうした世俗世界内の職業に就くことではないのである。隠遁は世俗世界内の生活つまり現実経験を軸としそれに即した通常の生活を捨てる行為である。世俗世界を捨ててその外部に超出せんとする行為を隠遁と言うのである。隠遁者はそうした行為によって世俗世界の外部に出て行かんとする者、つまり隠遁の行為者であり、実際上は彼らは世俗世界の周縁に位置する世界つまり世俗世界を中心とした場合のその周辺地帯に広がる山野・海浜等の場所において草庵を結び生活を営む。

こうした隠遁者は殆どが仏教の諸々の教行を護持しており（道教の護持や神祇崇敬等を併せ持つ場合もあるが、多くは仏教を専らとしている）、姿形は所謂無位無官の僧侶である。特に法華持経者・念仏行者が多く（真言行者・禅者等もしばしばいる。またそれら諸々の教派的立場の教行――或いは道教等に跨がって――を複数兼ねて修める所謂雑修の者もいる）、草庵に仏・菩薩像や経典を安置し終日禁欲的に教行の護持を中心とした生活を営むものである。

隠遁者は世俗世界内のあらゆる階層（職業僧侶も含む）から、その身分・職業・性別・年齢（子供は除く――但し、親が子供を連れて隠遁する場合はある――）等を問わず現れている。隠遁は公的なつまり世俗世界内の身分・職業等の制度に依拠した行為ではないのだから、隠遁者は制度に関わることなく全く私的に自らが隠遁した時点で隠遁者になるのである。つまり世俗世界内の立場や役割や制度等とは無関係に、即ち自らの意志にのみに基づく行為によって隠遁者になるのである。

隠遁の切っ掛けとなった出来事は様々である。身近な者の不慮の死や自らの病苦等といった深刻なものから、全くそういった深刻な事態は見当たらず、普段の生活の中の何気ないこと、例えば朝起きて自宅前の稲穂が朝日に輝いていた等といったごく日常的なこと迄様々である。ただ隠遁者に共通して言えることは、出来事の客観的な在り方はどうあれ、各々が出来事を通して激しい不安定感・空虚感・絶望感といった人生に対する極度の限界性の認識を持ってしまったということである。そういった感覚は全く突発的なものかまたは以前から意識裡に或いは無意識裡に燻っていたものが不意に極限化して現れたものかは各人色々だろうが、およそ一様にそうした感覚が彼らを襲い彼らを隠遁に踏み切らせているものである。

隠遁によって達せんとする世俗世界の外部の世界は、直接は或る実在であるが、通常の場合それは彼らにとって人生の限界性を絶対的に克服し得る世界として表象される。それは絶対的に克服し得るという絶対的な願望によって定立せられた夢想の世界である。現実とは直接的に一致することはない、その意味で夢想の中においてのみ対象としての現実感を持つ世界である。それは夢想――という主観性――を世界の本質とする謂わば夢幻として現出する幻境世界である。

ところで一寸付言しておけば、以下、この幻境世界をキーワードの一つとして進めることにするのだが、論者がこの節で参考にしている『隠遁の思想』の著者である佐藤正英氏に「原郷世界」という概念がある。佐藤氏のこの概念は外部世界を指示しており、西行や隠遁者達の思想を考える上で十分に参考にすべき概念であるが、この概念は内容的には夢想の世界であるとともに実在界をも含意している。論者は実在界とは区別すべき夢想世界の呼び名として佐藤氏の「原郷世界」とは異なる「幻境世界」という表現を用いることにした。論者において実在界を表わす場合は「存在の境域」という言い方をすることにする。

さて、隠遁者における幻境世界の内容は各人の個々における個々に即した願望の固有性を内包した夢想に規定せられて成立するが、その形象及び表象はおよそ共通した意味内容を持っている。それは仏教を主たる処とした神道（古代からの神祇崇敬をこう呼ぶ）等の宗教諸観念の意味内容である。なおある場合は『古今和歌集』や『伊勢物語』以来の歌の表現世界を喚起する諸観念が登場するが、それらは宗教諸観念に随伴して現れたものだとさしあたり考えてよい。この点はともかく、形象や表象は少なくともそれが直接現れるにせよ象徴的に現れるにせよ、その基層においては宗教諸観念の一般的文脈、及び諸観念の一般的な意味内容に沿って成立している。言い換えれば、隠遁者にとっての幻境世界は、宗教における一般に共通する観念を土台として各々がその観念の一般的使用法を弁え、それに沿って固有の願望を表出せしめたものなのである。

隠遁者はそういう仏教を主とした宗教諸観念を暗黙の前提として現出する幻境世界に到達せんとして世俗世界を捨て去るのである。

彼らの隠遁後の教行の護持（或いは神祇崇敬等）は世俗世界の外部としての幻境世界に十全に達する為の方途である。隠遁は本来一途で純粋な行為である。絶対的に純粋な行為である。それは幻境世界へ到達すべき行為として意識化される。しかし有限な存在たる人間にとって一挙に十全に幻境世界に達することはまずもって不可能である。教行の護持等はその不可能の経験を踏まえた上で、不可能を可能にせんとする為の行為である。言い換えれば隠遁という絶対的に純粋な行為の意識化された有り様をなぞる行為である。[13] 彼らは不可能を可能にする為に周縁世界（幻境世界を垣間見た、或いは垣間見るべき場所として進める。山野・海浜等といった世俗世界の周辺の地であることが多い）において禁欲的な生活を営み、幻境世界の内容を形成している宗教諸観念をなぞり続けるのである。

教行等の護持を中心とした生活には各々その徹底の仕方に温度差があり、不徹底な場合は諸寺の勧進聖や修験者等に紛れることも多く、またある場合は職業僧侶となった者もいる。また形だけ隠遁者となり世俗世界の以前の生活をそのまま続ける場合もある。逆に徹底した者は生涯草庵生活を貫き、山野・海浜で人知れず絶命する者も多くいたという。

さて、西行もまた自ら決意し、北面の武士という職業や家庭等の世俗世界の生活を捨てて隠遁したのである。本節冒頭で述べた如く、西行の場合隠遁の直接の切っ掛けとなった出来事が客観的に何であったかは定かではない。[14] ただもはや世俗世界に一致しえない意識が先鋭化していることだけは確かであり、その先鋭化を促すになんらかの客観的な切っ掛けがあったのかも知れぬが、すでに隠遁は西行にとって自意識の直接的解決を主題とした決定的な行為となっているのである。

六　根拠への問いの絶対的解決としての絶対的認識

さて本章冒頭の歌にもう一度戻って進めよう。歌を再掲しておく（詞書は省略）。

惜しむとて惜しまれぬべきこの世かは身を捨ててこそ身をも助けめ

下句の「身を捨ててこそ身をも助けめ」とは、世俗世界の自分を捨てる隠遁という行為によってまさしく自らを救済しよう、ということである。この場合の「身を捨てて」と「身をも助けめ」の「身」は特に身体に限らず自分自身を指す語であり、「こそ」も「も」も強調を表わす語である。ところで「身」はこの歌の場合身体そのものを表わしているわけではないが、そもそもは身体の意が含意されている語である。

「身をも助けめ」の「身」という語それ自体が示唆するものは、身体をもって現実経験の世界において生きざるを得ない有限なる現存在としての自分である。「身」にはその現存在としての有限性が示唆されている。有限なる現存在としての自分は、「身」において現実経験の世界内部に縛られ続けるとともに、心においてその世界の外側にいる。心は何処までも「身」に制約されている。そのような現存在としての自分とは、言い換えれば、絶望の裡にあって不可能性の地平の謂わば地平線を絶対的に越え得ない自分である。そういう自分を身心ともに救済せんとしているわけである。即ち、有限なる現存在としての自分の絶対的限界性を捉えなお且つそういう絶対的限界性を負った自分というものの一切を、絶対的に越え得ない不可能性の地平線を乗り越えて全的絶対的に救済せんとしているわけなのである。

そういう点でこの下句は、まさしく出家隠遁してこそ、まさしく出家隠遁という行為においてこそ有限なる現存在としての自分自身を救済しよう、という意であるのである。

隠遁という行為は西行にとってまさに自分自身を救済する行為である。係り結びの強調表現が西行にとって隠遁こそが殆ど唯一の救済行為であったことを物語っている。そしてその救済行為が紛れもなく西行にとって、自分自身による自分自身の救済をなすべき行為であるのである。

西行の関心は自分自身にのみ向かっている。自分自身にのみ関心が向かっているということ自体、西行の自意識の先鋭化を証している。自分の救済とはそういう自意識を抱えた現存在としての自分の救済である。現存在における不可能性の地平を不可能と知りつつ絶対的に乗り越えんとし、その現存在の根拠を捉え現存在の絶望を絶対的に安定せしめんとするのである。

そういう意味で、西行の関心は自らの先鋭化した〈問題〉の絶対的解決のみに向かっているのだ。第三節でも述べたが、自意識が〈問題〉として問われたからこそ自意識の救済という解決が志向されるのである。隠遁はその解決の為にのみなれるものである。その為にのみ西行にとって意味を持つのだ。即ち西行にとって隠遁とは自意識の〈問題〉に対して絶対的解決を与える行為としての意味だけを持ったものであったのである。〈問題〉の解決は自意識の彼岸たる絶対的安定に自意識自身が達することによって十全に可能となる。「身をも助けめ」とはそういう解決としての絶対的安定への志向を示しているのである。

さて〈問題〉の解決の在り方は何であり、またそれが絶対的安定とどう関わるのか。〈問題〉が〈問題〉として成立する根柢には、自意識を斯く規定する意志が働いていると言える。その意志の存立は根源的欲動に起因する。根源的欲動は挫折を介して自意識への意識を分立せしめたが、その意識を介して欲動は目的を定立し志向する意志として顕わになる。その目的は〈問題〉の明証的解明と言ってよく、志向はその解明への投企であると言える。目的は〈問題〉の絶対的解明という〈問題〉の成立する自意識に対する否定的且つ自己超克的な次元での解明として現ずる。

さて根源的欲動の挫折はその回折としての絶対的願望をもたらせ、その願望は絶対的安定を夢想するのだが、絶対的願望は欲動の挫折に淵源する解明への意志を孕んだ意識の分立態を自らの反照的様態として内包しつつ、夢想をその意志の目的としての現存在の否定的次元での解明において彩る。つまり一言で言えば、自意識の夢想は自意識の〈問題〉の絶対的解明という認識の在り方として現出するのである。自意識は自意識たる限りにおいて現存在としての自己の存立の根拠が何であるのかを認識せんと欲し、その認識の絶対的在り方を自らの存立における内的必然として不可能性の地平の側に夢想するのであり、そういう内容を持った夢想こそがまさに自意識の絶対的安定であるのである。逆に言えば、自意識の絶対的安定という不可能なる夢想は、自認識の究極としての認識の絶対的在り方という性格をもつものとして現出するのである。

絶対的解明・安定は西行にとって世俗の現実経験の世界を超出する行為によってのみ可能となる。言い換えれば、その行為によって絶対的解明・安定が幻境世界においてもたらされるのである。世俗世界を超出する隠遁の行為は、西行にとってその不可能なる世界へと直接的に到らんとする極度に過激な行為なのである。

行為は〈問題〉の究極的な先鋭化において、殆ど絶対的な意志決定としてなされた殆ど絶対的に純粋な行為であったと言える。〈問題〉の先鋭化は解明への意志を極限まで追い込み、絶対的行為としてほぼ必然的に外化せられたのである。

七　仏の絶対知へのなぞりとしての隠遁

西行は、その時代に到るまでに輩出した数多くの隠遁者達と同様に世俗世界を捨て周縁世界に生きる者となった。隠遁の経緯や隠遁後の生活といったものの外見は他の隠遁者達と基本的にはなんら変わらぬものだ。敢えて言うなら幾分不徹底な隠遁者に見える場合もある。無論隠遁に到る切っ掛けとなった世俗生活上の何らかの出来事は固有のものであったろうし、また隠遁後の周縁世界での生活の場所や教行の護持の仕方、或いは人間関係等々には西行の個性が鋭く反映してはいるが、それらは隠遁者としては特段に変わったものとは言えぬものだ。西行はあくまでも外見上ごく平均的な隠遁を成し遂げ、ごく普通の隠遁者としてその生涯を全うした。
さて、自意識の〈問題〉を抱えた西行が普通の隠遁者の生活を貫いたということは注意を要すべきことである。というのは懐疑と斫断の絶望に晒され問いつめ続けている者が、世俗世界のものではないにせよ隠遁者の一般的生活から逸脱せずむしろその生活の仕様に一生随順的であったということはある意味奇妙だからである。

このことは西行が隠遁ということを行為においてもまた生活においても一つの観念として捉え、それを徹底的に意図的になぞろうとし、またなぞり続けたということを意味していると言ってよい。そのなぞりの徹底が生活の仕様への随順として外化されていると考えてよい。

隠遁は本来絶対的に純粋な行為であるが、それが観念として意識化された場合、宗教諸観念の言及する対象の存立する幻境世界と世俗世界とを直接的に連続させる行為の観念として存立する。この意識化は、第五節でも一寸触れたが、そもそも絶対的に純粋な行為が絶対的な一回性において完了せず、行為自体が結果的に不可避的に挫折する処に由来すると考えてよいだろう。行為の挫折によって行為が対自化されるのである。この対自化された行為の類型が隠遁の行為の観念として形成されるのである。ともかく、この行為の観念に随伴して隠遁者の生活という観念が出来するのである。この生活の観念は内容的には幻境世界へ到るべき行為の観念へのなぞりを基本とした生活を言及するものだ。

西行がこの行為や生活の観念を徹底してなぞり続けたということは、現実的には到達不可能なる幻境世界の内容を表わす宗教諸観念を徹底してなぞり続け、またそのなぞりと相関して現出する幻境世界に対する、その世界への直入の仕方としての行為を徹底してなぞり続け、更にその行為をなぞる生活をなぞり続けたということに他ならない。即ち言い換えれば、ある意味で西行において宗教諸観念や行為及び生活の観念は、なぞりという点において、少なくとも徹底という意味においては懐疑されてはいなかったのだ、とさしあたり見做してよい。

しかし、それらの観念は素朴につまり即自的に信頼されているのではないのは言うまでもない。自意識はいずれにせよ即自的信頼の意識から最もかけ離れた意識であるからである。言うならば、西行はそれらの観念を自意識において徹底的に懐疑し続けながら、懐疑を透かして信ずべき或る予感を感得していたのである。

〈問題〉は或る一つの究極的観念によって絶対的解明・安定の実現を見ることが西行には予感せられていたのである。

その観念は仏の絶対知の観念であり、またその絶対知の捉える対象及びその世界についての観念である。無論、自意識は本来的にはこの仏の絶対知を巡る観念すらも否応なく懐疑し斫断し続けるだろう。しかし、絶対知はそういう本来的に懐疑を続ける自意識の根拠そのものを絶対的に自らの内部に取り込み尽くす絶対的解明・安定の意識なのである。その知は根拠そのものを絶対的明証さのうちに絶対的に解明し尽くしている。西行はこの仏の絶対知を巡る観念を介して絶対的解明・安定が実現することを予感として感得していたのである（この実現の予感の到来は、絶対知に近しいもの、謂わばその相似形が人間とその表現を介して歴史の中に何度も出現したという認識に基づいている——後述——。その認識が斫断の謂わば盾になっているのである）。

この感得において、絶対知及びそれが見る対象の観念へのなぞりが企図され、自意識はその企図に沿った在り方で絶対知の実現へと向かう方向性を付与されたものとなる。つまり自意識はこの観念を介して絶望を僅かに脱し、その絶対的解明・安定の実現への方途を見出した自意識となるのである。方途を見出した自意識は、〈問題〉の解明を実現すべく絶対知の観念をなぞり続ける意識経験の展開、自意識のあるべき各場面毎におけるその観念へのなぞりを介した経験を踏まえた、その展開という在り方を取ることになる。

なお、そうした展開の中で他の宗教諸観念は、その形象や表象において自意識を方向づけるこの究極的観念に性格的に規定せられて来るのであり、その規定によって宗教諸観念はこの観念の内実を映現し且つその内実へと収斂せしめられるのである。言い換えれば、他の宗教諸観念は絶対知の観念に取り込まれ内包されるのである（絶対知の観念と他の宗教諸観念との規定関係の実質については後述する。この規定関係自体は本来宗教観念の一般的使用法に基本的には由来するのだが、関係の実質面に西行の自意識が鋭く反映しているのである）。

さてそこで、西行にとっての隠遁は、今述べた点において、絶対知の観念を介した絶対的解明・安定の実現の予感において自覚された方途の具体的営みとして、絶対知及びその認識する対象世界としての幻境世界（主体としての仏とその対象（及びそれらに収斂される宗教諸観念の言及する主体と対象に満ちた世界）とに論理的には分節化される――その全体において根拠そのものが明々白々となっている――）に実際に到る具体的な手立てだということになる。西行にとって隠遁はそういう絶対知への予感を軸とした具体的手立てとしてなされるものであり、絶対知の有する究極の内実という点において、徹底化さるべきものなのである。その絶対知は、観念において、右に述べたような隠遁者の行為や生活という観念を随伴しており、従って具体的な手立ての在り方は、実質的には、絶対知の幻境世界の観念をなぞり、その幻境世界に到るべき行為の観念をなぞり、且つその行為をなぞる生活の観念を徹底してなぞる、ということになる。

次の様な歌がある。

流転三界中　恩愛不能断　棄恩入无為　真実報恩者

捨てがたき思ひなれども捨てて出でむまことの道ぞまことなるべき（聞書集・四三）

題は「全世界の中を流転して、恩愛を断つことは出来ない、恩を棄てて仏の絶対知の世界に入ること、これが真実の報恩者なのだ（『清信士度人経』）」であり、歌意は「恩愛は捨てがたい思いなのだが、捨てて出家隠遁しよう。仏道こそ真実の道であるはずだ」である。西行の隠遁前後における隠遁そのものへの思いを伝えている歌である（後年にその当時を振り返って詠んだ可能性もある）。

西行は世俗世界の意識経験への愛着といった「捨てがたき思ひ」をまさに「捨て」て隠遁したわけであるが、その隠遁は、「まことの道ぞまことなるべき」とされるものなのである。「まことの道」とは絶対知の幻境世界に到る筋道、つまり絶対知の幻境世界を透かし見た、その世界に実際に到るべき行為や生活の観念の総体と言ってよい。西行がその「まことの道」の観念の有り様を同語反復的に「まことなるべき」と重複させ（正確には「まこと」の反復だが、その反復に「道」という絶対知を透かし見た筋道の反復像が透かされている）、己れ自身に念を押して言い聞かせ、なぞっているのがよく分かる。自ら自覚的に見出した方途を筋道の観念として反芻し、且つなぞっているのである。

隠遁という「まことの道」の観念へのなぞりは、その観念の内実への徹底したなぞりという手立てにおいて具体化される。絶対知の観念や行為及び生活の観念へのその徹底したなぞりは、隠遁当初からなされ続け生涯繰り返されて行ったのである。

なお、なぞりの徹底化そのものは、絶対知の観念を介した絶対的解明・安定の実現の予感を現実化せんとする意志の強固さの現れだと言ってよいだろう。また、なぞり自体は、隠遁行為としての本来あるべき純粋な行為の在り方の挫折を証するものでもあり、「まことの道」の内実としての絶対知や行為及び生活の観念へのなぞりを徹底化すればする程、隠遁行為の本質的な不十全さつまり絶対知の幻境世界へ十全に達することの不可能さが逆説的に顕わになって来るものである。西行がなぞりを徹底するにも関わらず、隠遁者として一見幾分不徹底に見える処があるのは、その不十全さそのものの露呈であり、しかも晦ますことなくそれに実直に対峙しているからであると言ってよい。ところで、この対峙における不十全さの自覚は、畢竟、西行をより徹底したなぞりの達成へと促して行くものとなっているものでもある。つまり、西行は不十全さの顕在という逆説的在り方への自覚を介することを含めた上で、極めて徹底したなぞりを遂行したのである。

なぞりの徹底が、西行を普通の隠遁者、言い換えれば典型的な隠遁者たらしめているのである。逆に言えば、典型的な隠遁者であり続ける処に、西行の強烈な意志や隠遁そのものに対する明晰な自覚が脈々と存しているのである。

八　根拠としての幻境世界と存在の境域

さて、隠遁は本来絶対的に純粋な行為である。その行為は、世俗の現実経験の世界の外部に達せんとする行為である。それは〈問題〉に即して言い換えれば、現存在としての己れを、まさにこのような現存在としての現実経験の世界に切り結ばれた絶望する己れへと、現存在の側に謂わば投げ込んだものを、外部に立つことにおいて捉えんとする行為だと言ってよい。外部に立ち、外部からの投げ込みを捉えるのである。

外部に達せんとする行為は仏の絶対知の幻境世界を真近に捉えるべく、外部に接する経験を伴うものである。ところで、この経験そのものに関して突き詰めて言えば、純粋な行為による外部へ向かい接する経験と、幻境世界の夢想を見る経験とはその様相を異にするものである。というのは絶対的に純粋な行為がまさにそうした行為である限り、観念や幻境世界は直接の目的ではなく、本来的に行為それ自身が絶対的な目的であるからであり、その行為が成立する処には観念や幻境世界は直接的には存立していないであろうからである。またそうした純粋な行為はそもそも絶対的願望や絶対知を巡る観念へのなぞり（隠遁の行為や生活へのなぞりを含めたなぞり）に導かれて外化したものだが、その行為そのものは観念や幻境世界ではなく外部の直接的な何らかの経験を行為者にもたらすものであろうからである。

絶対的に純粋な行為によって経験される出来事は、現実経験の世界におけるものとは異なる知覚や感覚との遭遇である。それらは現実経験の世界における意識内容において特定さるべき経験とは異なる内容を持つものである。

現実経験の世界における意識内容が捨象され、謂わば意識の極度に純化した活動において感得される純粋な知覚や感覚であると言ってよい。それらは現実経験の世界における知覚や感覚の対象として限定され特定されるものの所謂実在的な素地に即応した知覚・感覚である。純粋な知覚・感覚におけるその素地の感得は、可能的な現実経験の世界において現前する諸々の事物・事象をそれたらしめる実在としての存在の境域との接触と言ってよい。

　西行はそういう実在としての存在の境域自体を「もの」と呼び、その接触の有り様を「すごし」と表現している。[15]逆に言えば、「もの」や「すごし」とされる外部の実在についての経験は、西行において絶対的行為として接した外部が幻境世界だけで完結したものではないことを証している。

　ところが、そうした外部の境域は西行においては多くの場合は直接は表現されず、外部はあくまでも観念を内容とした幻境世界として表わされる。何故その様なことになるのか。

　そこで、西行における幻境世界と存在の境域との関わりについて一瞥しながら、その点に触れておくことにする。

　さて西行の自意識がその夢想や観念に促されて幻境世界に到らんとする絶対的行為として自らを外化する時、西行は現実経験の世界における眼前の事物・事象を捉えている。

　歌を挙げてみる。

序品

曼珠沙華　梅檀香風

つぼむよりなべてにも似ぬ花なれば木ずゑにかねてかをる春風　（聞書集・一）

「法花経廿八品」歌として知られる題詠歌群の冒頭の歌である。内容の細かい検討は措くことにして、まず題は『法華経』「序品」における仏の絶対知及びその見る対象についての弥勒菩薩の詩頌にある句である。[16]「曼珠沙華」や「梅檀香風」とは絶対知が捉える対象の形象の観念である。それらの形象そのものは現実世界に直接は存立しない、あくまでも経典の説き示す幻境世界の観念的な抽象的形象である（発生的には現実世界に存立するものが抽象化されて表わされたものと言えるが、その点は問わないことにする）。題を受けた歌の意は「つぼむ時より並みの花にも似ない花なので、梢に前もって春風が香るのだ」というものである。

歌において「花」（西行における「春」の季節の作品で、単に「花」とある場合は桜の花を指す）や「春風」は、「曼珠沙華」や「梅檀香風」を喚起する観念として表わされている。「花」や「春風」は絶対知を巡る「曼珠沙華」や「梅檀香風」という観念へのなぞりを介して、それらに置き換えて表わされた幻境世界の観念である。「花」や「春風」の観念は文脈上は現実的具体的なものを直接表わしているのではなく、あくまでも幻境世界の観念として抽象的な形象を表わしている。

ところが、それらの観念は、無媒介的に経典における抽象を表わす観念への単純な代替として使用されているのではない。それらはあくまでも現実的具体的な事物・事象としての〔花〕や〔春風〕を踏まえた上で、言い換えれば、現実的具体的なものの謂わば触発を介して使用された観念である。〔花〕や〔春風〕はあくまでも周縁世界での隠遁者の生活において捉えられ触発をもたらして来る現実的具体的な事物・事象であり、そうした触発を介した上で、その事物・事象を表わす「花」や「春風」という観念が経典の観念に置き換えられているのである。[17]

なお、経典の観念は、現実的具体的な事物・事象を示唆してはいる（類比として）だろう。そうでなければそもそも観念を代替すること自体およそ出来ないからである。要は、代替的使用において、示唆された現実的具体的な事物・事象の触発を介することによって喚起する観念が表現されるに到っているということなのである。

吉野山うれしかりけるしるべかなさらでは奥の花を見ましや　（同・四）

信解品
是時窮子　聞父此言　即大歓喜　得未曾有

同じく「法花経廿八品」歌中の「信解品」の歌である。題は『法華経』同品における仏弟子達の告白文（「窮子の譬喩」として知られるもの）の中にある句である。その句は、「窮子」たる仏弟子達が、「父」たる仏の導き乃至はその導きについての仏自身の「言」によって「未曾有」の仏の絶対知を獲得し、「大歓喜」した時の様を表わしたものである。[18] それに対して歌の意は、「吉野山の花は嬉しかった導き手なのだった、それがなければ奥の花は見られなかっただろう」である。

この歌の場合、「吉野山」の花という「しるべ」や「奥の花」、或いは「うれし」という心情の観念は、それぞれ現実的具体的な事物・事象や心情を示す観念の経典の観念への置き換えとして使用されている。それらは直接は経典の中にある観念ではない。あくまでも現実の触発を踏まえた上で使用されたものである。なお「吉野山」は『古今和歌集』以降の歌の表現世界においては、抽象的形象を示す観念としてのみ扱われる場合も多々あるが、西行にとってその地は、自ら隠遁者として生活した周縁世界の地であり、現実の〔吉野山〕として存立が認識せられ、触発がなされる処である。歌全体は、そうした現実の〔吉野山〕乃至はその地の諸々の事物・事象乃至は心情の触発を踏まえた上での、それらを表わす諸観念によって、仏の導きや仏の絶対知の対象（題の中には直接的にはない）、或いは「大歓喜」（「大歓喜」は、題を踏まえれば〔奥の花〕を見た時の心情に観念として対応するが、その観念は〔しるべ〕をそれとして捉えた時の〔うれし〕の心情を含意した心情の観念と考えてよい）を代替し喚起する表現として表わされているのである。

妙音品
正使和合　百千萬月　其面貌端正
わが心さやけきかげに澄むものをある夜の月をひとつ見るだに　（同・二二五）

これも同じく「法花経廿八品」歌中の「妙音品」の歌である。題は『法華経』同品（正式には「妙音菩薩品」）に登場する妙音菩薩の「面貌」の「端正」な様が、「百千萬」の「月」の「和合」に比してそれ以上ものだ（句は「復過於此（また此に過ぎんや）」と続く）と讃美される箇所の句である。[19]「月」とは次章でも触れるが、仏の絶対知そのものの円満なる有り様を喩えた観念である。題の句は妙音菩薩に仏の絶対知が顕現する様を表わしたものである。歌意は「自分の心は清らかな光の中に澄むのだ、ある夜の月を一つ見るだけなのに」である。

歌において、「月」やその「かげ（光）」は、題に示された絶対知の有り様を表わす観念へのなぞりとして詠まれている。その限り、「月」やその「かげ」は、直接は現実の〔月〕やその〔かげ〕ではない。あくまでもなぞりによって表わされた幻境世界の観念である。

そうでありながらなお「月」やその「かげ」は、西行が〔ある夜〕に現実に〔見〕た〔ひとつ〕の〔月〕であり〔わが心〕を〔澄〕ましめたその〔かげ〕でもある。なお「わが心」が「澄」むとは、幻境世界の抽象的形象に切り結ばれた自己像の様を表わしたものである。しかし、幻境世界の抽象的形象やそれに切り結ばれた自己像の核には、現実の事物・事象の触発及びその触発を受ける現実の自己像があるのである。逆に言えば、この現実の触発があるからこそ、「わが心」の〔われ〕という現実世界における身体的限定を示す具体的自己像が捉えられ表わされているのであり、その具体的自己像に切り結ばれる形でその像を触発する現実の〔月〕や〔かげ〕がそれとして捉えられ表わされているのである。

そういうわけで、この歌に表わされる「月」や「かげ」の観念もまた絶対知を巡る観念へのなぞりにおいて、現実の事物・事象としての〔月〕や〔かげ〕による触発を踏まえて、それらを表わす観念が代替する観念として使用されているのである。

さて、以上を踏まえて言えば、西行は単純素朴に絶対知を巡る観念をなぞり幻境世界を捉えているのではないことは明らかである。西行の自意識は歌題に示される如き絶対知を巡る観念をなぞり事物・事象を捉えるのだが、その場合、西行は直接は絶対知を巡る観念自体ではなく、現実経験の世界における自らの眼前にある事物・事象に居合わせるのである。西行にとってその具体的な居合わせを経ることなくして幻境世界も従って隠遁も本来的には有り得ない。つまり、西行の自意識は夢想や絶対知を巡る観念に促されるが、絶対的行為への意志は、その観念が示唆する眼前の具体的な事物・事象への居合わせへと自意識を向かわせるのである。

さて、西行において、絶対的行為は根拠を解明せんとする絶対的な意志決定により、夢想たる幻境世界に直入し、絶対的解明・安定を求めんとしてなされるものだが、その行為は眼前の事物・事象に居合わせ、さらにその事物・事象の触発を通して、外部そのものたる「もの」との直接的な合致への急迫として発露される。居合わせは、根拠の解明を直接的になさんとすることであり、急迫は、一挙に外部に達せんとすることである。行為として異様に過激な在り方である。その絶対的行為によって西行の自意識は純粋な意識として一挙に純粋な知覚・感覚へと達するのである。

このことは根源的な欲動が夢想に誘発され、絶対的行為を通して存在の境域に接した在り方と言ってもよい。西行の自意識はそこで純粋な知覚・感覚の横溢において極度に鋭敏な純粋な意識として活動する（この存在の境域及びそれに接した意識の有り様は、自意識の活動を最初に極限化せしめた異様な事態及びその認識と同質的なものと考え得る）。

しかし、それは存在の境域との瞬時の接触であって、根源的欲動はその境域との完全な合致を果たせずに屈折する。もし完全に合致するとしたならば、西行にとって隠遁はただ絶対的に一回のみの絶対的行為で完了したであろうし、従って内省あるいは隠遁という手立てにおけるなぞり等はそもそも成り立たないことになり、また根源的欲動は合致の絶対的不能によってその力の直接の向かう対象を失い、失速し折れ曲がるだろうからである。

さて、屈折した根源的欲動は外部に接した経験を孕んで回折する。回折は絶対的解明への絶対的願望となり、絶対的願望は存在の境域を絶対的解明の対象として夢想し、経験されたその境域を幻境世界の現前として捉えるのである。言い換えれば、意識は存在の境域に接した処における純粋な知覚・感覚を、その経験を触発せしめた事物・

事象の観念によって、引用歌で言えば、「花」や「春風」また「吉野山」や「月」などの観念によって捉え直すのである。捉え直しにおいて、当初なぞられていた絶対知に関わる「曼珠沙華」や「栴檀香風」また「聞父此言」や「百千萬月」などの観念が介され、経験し得た境域をそれらの観念を喚起すべき「花」や「春風」また「吉野山」や「月」という観念として構成し直すのである。そのような在り方において、観念の形象溢れる幻境世界が定立せられるのである。

そういう次第で、西行において絶対的行為として接した外部が観念による幻境世界として表わされるのは以上のことによると見做すより他はないのであり、外部の存在の境域の直接表現が殆ど見られないのは、根源的欲動の回折という必然において生起する絶対的願望が、諸観念を介することによって活動をなすためなのである。

さて、そうした幻境世界の現出と根拠の解明がどう関わるのか。

西行にとって幻境世界の光景は、仏の絶対知及びその対象へのなぞりにおいて見えてきた光景である。即ち西行の〈問題〉においては、幻境世界は自己の根拠が解明さるべき光景なのだ。前掲歌で言えば、「花」や「春風」また「吉野山」や「月」とは自己の何たるかを告げる形象なのだ。では何をもってまたどういう在り方で幻境世界の形象の認識が根拠の解明となるのか。

対象に即せば、西行にとって幻境世界の観念的形象の出来は、自己の根拠を求めんとしてなした絶対的行為の帰結である。つまり形象は自ら求めたものの解答として与えられるのである。

ところがこの形象の光景はあくまでも観念の抽象的な光景であって直接の実在的な根拠そのものではない。直接の根拠自体たるべきものは絶対的解明・安定を求めて外部に接し、そこで経験した外部の実在たる存在の境域である。この実在としての根拠自体が観念の抽象によって間接的に示されるのである。存在の境域に接した経験の謂わば心像が観念の抽象を透かして、幻境世界の中へと投射されると言ってもよい。言い換えれば根拠自体が観念によって間接的な在り方で明るみにもたらされるのである。幻境世界の形象が根拠の解明の対象になるのはその為だと言ってよい。

その明るみにおいて解明さるべきものは存在の境域の経験の心像のみではなく、存在の境域の経験が自己をもたらせたという点である。自己の根拠であるのだから、存在の境域の経験が自己をもたらせる点がまた解明にとって肝要な点なのである。

存在の境域の経験が自己をもたらせるということが如何にして解明されるのか、踏み込んで言えば、幻境世界において、まさしく幻境世界の形象を見る自己が成立しているところを対象として捉えるという在り方において解明することに他ならない。歌で言えば、「花」や「春風」また「吉野山」や「月」をそれとして捉えている自分、前掲歌で言えば「わが心」の「われ」が成立している点を捉えるのである。この幻境世界の形象を見る自己の対象としての成立は、その対象自体に即して言えば、純粋な知覚・感覚においてあった純粋な意識が幻境世界の形象を見る自己の像として、謂わば形象からの反射として措定せられて成立したものである。即ち、純粋な意識だったものが回折において幻境世界における形象を見る自己像として対象的に措定されるのである。そうすると、解明は存在の境域の経験の明るみにおいて、その明るみとともにこの回折による自己の定立を捉えるということになるのである。

形象や自己像という対象に即した言い方をしたが、裏を返せば、これらの対象を解明的に捉える視点が仏の絶対知を主体に即してなぞった視点である。この視点は、存在の境域における純粋な意識が形象としての対象及び対象を見る自己への意識として成立することを捉える視点でもある。

さて、自己は西行においてそもそも絶望する現存在としての自己（身体を軸とした自己像に収斂する意識の自己性）であるのだから、仏の絶対知の側から現存在としての自己が捉え返されることになる。現存在としての自己は謂わば夢想としての幻境世界から見てその逆立の在り方で捉えられる。

こうした経緯において現存在としての自己の根拠たるべきものが、幻境世界における仏の絶対知及び対象をなぞった自己及び対象認識を通じて、観念を介した明るみにおける認識としてなされるのである。そしてこの幻境世界における自己及び対象認識が現存在としての自己における根拠の解明的認識としてもたらされると考えられるのである。

さて、幻境世界そのものは存在の境域が投射される観念の抽象的形象が溢れる世界であるが、その現出は絶対的に完全なものとして成立するのではない。絶対的に完全な成立ならば、その現出自体もまた絶対的に一回で完了したものとなっただろうからである。西行においてなぞりと絶対的行為は繰り返され、幻境世界が捉え続けられるのはそうした現出の不完全さに起因するものであると言ってよい。

現出の不完全さは、その本質において、夢想自体の在り方に基づいていると考え得る。踏み込んで言えばこうである。夢想は存在の境域に達した意識が、欲動の回折を介して理屈の上では自らを十全に対自化した意識である。しかしその対自としての意識は現実経験の世界における意識を乗り越え、なお存在の境域に接した経験を対自化してはいるが、実際上完全に現実経験から自由になり現実経験の介入のない対自化がそこで絶対的になされているのではない。少なくとも触発に基く諸観念の媒介がそのことを証している。諸観念は現実経験における意識内容に応ずる事物・事象への関与を含んでいる。その事物・事象は身体の有限性に制約された意識における認識対象である。諸観念はそのように制約された意識の関与が否定される形で媒介される。従って諸観念を媒介する夢想としての意識は現実経験において制約された意識を否定的に含み込んで存立する意識である。現実経験の有限性を否定する意識は、否定という在り方でその有限性に制約される。だとするならば、その意識は自らの制約において現実経験の有限性を孕んだものであることになるのであり、従って幻境世界の現出の一瞬の場面（存在の境域に接した瞬時の場面を抽象的に再現した場面）に無制約に持続的に存立しえず、無制約ならざる自己（身体を軸とした自己像）を見出すという形で現実経験の世界へと還帰する傾向を持つものであることになる。つまり言い換えれば、意識は夢想としてある自分からおよそ不可避的に疎外されるわけなのである。そうした疎外を意識は現実経験からの制約という謂わば宿命において孕むのであり、その意識の在り方が現出の不完全さを生じさせると考え得る。[20]

夢想としての意識は、自らの現出の不完全さという認識の限界において、自らの還帰及び疎外を捉えながら現実経験の世界へと頽落的に回帰せざるを得ないことになる。

なお、頽落的な回帰によって捉えられる現実経験の世界は世俗世界とは異なり、存在の境域との接触の経験を触発せしめた事物・事象の世界として立ち現れており、意識はその立ち現れにおいて自ら経験した幻境世界の思い出をそこに重ねるのである。そこに、発生論的な言い方で言えば、幻境世界を垣間見た（見るべき）場所としての周縁世界という特有の世界が形成されるのである。

さて現実経験の世界に頽落的に回帰した西行の意識は〈問題〉を再認し（〈問題〉が再び顕わになり）もとの自意

識へと戻るが、絶対的行為をなす前の自意識とは異なり、絶対的行為から頽落的回帰へと到る意識経験を対自化する自意識、つまり内省的な自意識となっている。そしてその処において〈問題〉の解明は外部を巡る経験によって一旦はなされたことを認識しはするのである。

しかし内省意識は自己の根拠への絶対的認識から既に疎外されており、従って〈問題〉は絶対的に絶対的解明がなされたわけではないことをなお認識することになる。西行の内省意識は認識の限界への認識を介して再び〈問題〉を問いつめる自意識へと転じ、絶対知を巡る観念をなぞり、また隠遁生活の観念をなぞりその行為や生活としてのなぞりを始めることになるのである。そしてその隠遁の行為や生活へのなぞりにおいて再び絶対的行為としての過激な外化がなされ、存在の境域との接触とその対自化が繰り返されるのである。

註

（1）西行からの引用は、久保田淳編『西行全集』（日本古典文学会、平成二年）によった。『山家集』については『陽明文庫本』を底本とした（同本における上・中・下冊の区分は省略した）。数字は同全集中に付された歌の番号である。表記は論者が適宜改めた。また、口語訳にあたっては、久保田淳・他『山家集・聞書集・残集』（和歌文学大系21、明治書院、平成一五年）を参考にした。

（2）この歌は当時の歌の範型から全く逸脱した姿をしている。当時の歌とは『古今和歌集』以降の伝統である観念による風情（事物の形象――一般に心情は事物に付託された形で含意される――）の構成、および、その構成の全体像としての風体（藤原俊成によって意識化されたものであり、この風体が伝統的祖型としてまずあり、その祖型を基準とし絶えずその基準との呼応をなすことによって新たな歌の風体が形成される）によって観念的形象の美の世界を表わすものを指すのであり、西行のこういう自らの心情や行為そのものに直接求心して行くような歌はその意味では歌ではないのである。西行は歌の風体など気にしてはいられなかったのだろう。この点だけを取ってみても西行の緊張の強烈さが分かるだろう——しかし、そうでありながらなお歌の表現形式を取るのは、西行の中に和歌表現の伝統へのある種の志向が存していることを物語っている。この志向そのものは隠遁後の多くの歌に内容の点で現れて来るものであり、それがまた西行特有の表現を形成して来ることにもなるのである——。なお「惜しまれぬべきこの世」や「身を捨て」「身を助け」という観念自体は出家隠遁者に共通したものであり、とりわけ西行に特有のものではない。この歌が「鳥羽院」という謂わば公的な処へ差し出すべく詠まれている点からも、そういう一般的観念が使用されたものと思われる。しかし言うまでもなく肝要な点は、観念の一般性ではなく、そういう観念を繋いでいる求心的な内的呼吸からなる姿であり、そこにおいて西行が何をどう表わしているかである。

（3）「れ」は可能の意を表わす助動詞「る」の連用形、「ぬべき」は反語を伴って可能な事柄に対する推量の意を表わす連語「ぬべし」の連体形である。

（4）西行の世俗世界全体を対自化する意識は、対自の対自としての意識を透見したものであると見做してよいだろう。西行は、その透見する意識自身が還帰とその挫折を経て対自の対自へと実際に具体化する様を自らの意識経験の展開として表わしているのである。このような意識経験の透見と展開について、西行には次の様な表現がある。これも出家隠遁時の歌である。

世を遁《のが》れける折、縁《ゆかり》なりける人のもとへ言ひ送りける
世の中を背き果てぬと言ひ置かん思ひ知るべき人はなくとも　（山家集・雑・七二六）

詞書の意は「出家隠遁した折、世俗世界の縁のあった人の処へ言伝したものである」である。歌意は「世俗世界からの出家隠遁の断行を言い残して置こう。自分の思いは誰も分かってくれないだろうが」である。

西行の意識は、世俗世界の外側から世俗世界を捉え、世俗世界には「思ひ知るべき人」が無いと認識する（逆に言えば、「思ひ知るべき人」がないという認識は、意識が世俗世界全体を捉え、世俗世界の外側に存していることを証しているのだ）。

その認識内容は、世俗世界の「人」との間で応答している世俗世界の自己の意識経験と自己とが一致しないことを示している。さてこの認識の形式を辿れば、「思ひ」とは、出家隠遁にあたって世俗世界の意識経験全体を一旦否定し対自化する意識である。一旦否定し且つ世俗世界の意識を世俗世界の外側から看取しながら、その意識は、世俗世界内部に向けて、「世の中を背き果て」て出家隠遁する己れの意識の有り様を「知るべき人」は無いけれども（「なくとも」）「言ひ置かん」つまり「言ひ置」こうと欲するのである（即ち、意識が還帰せんとしているのがこのことからも分かるだろう）。この意識は己れ自身を「言ひ置」くべく捉えんとしている点で、自己の対自的有り様への対自を透見した意識である。さてこの意識は「言ひ置」こうと欲するのだから、その意識は世俗における「人」と応答可能な意識経験に自己否定的に還帰し、世俗世界内部の意識と一致せんと欲しているのである。そして一致せんと欲して、実際的に「人」に「言ひ送（詞書）」ったのである。だが、そのように試みたとしても、世俗世界の意識とは決して一致することはなく還帰は挫折する。まさに「思ひ知るべき人」が無いことをその意識は明確に認識するからである（還帰が否定され、意識は世俗世界を否定する意識を乗り越え、世俗世界を否定する自己を明確に認識するのだ）。この段階で意識は自ら透見した対自の対自としての意識へと具体的に達するのである。だからこそ、出家隠遁が決行される、となるのである。この対自の対自としての意識は世俗世界の意識とは一致しない自己を看取する点で、当初の世俗全体を否定する意識に内在している、逆に言えば、当初の意識は内在する対自の対自の段階を透見し且つ透見した段階へと自己を具体化していると言うことが出来るものである。

西行の意識は、以上の如く、意識の内的透見とその具体化の意識経験の展開に即しており、なお且つ自らの意識経験の自己還帰的且つ自己超克的有り様を捉え活写しているのである。

（5）『道元　上』日本思想大系、岩波書店、三五頁。
（6）「斫断」という用語は、小林秀雄「ランボオⅠ」（『小林秀雄初期文芸論集』岩波文庫）から借りた。小林はランボオにおける極限的な自意識を「旋転」（四二四頁）し「触れるものすべてを斫断する」（四二三頁）意識と表現している。
（7）「恋」については第四章の註（2）で触れた。
（8）例えば『古今和歌集』「雑歌・下」（日本古典文学全集、小学館、三五三頁）に次の様な歌がある。

世の中は夢かうつつかうつつとも夢とも知らずありてなければ　（よみ人知らず）

歌意は「いったいこの世の中は夢だろうか現実だろうか。現実だとも夢だとも分からない。あってないようなものなのだから」である。

この歌と西行の歌との決定的な違いは、この歌が「夢」と「うつつ」を対象に即して詠み、両者の転換を単に対自的に「知らず」としているのに対して、西行の歌は対象の転換を対自化する「思」いを対象として対自化し、更にその「思」いが「思」い自身の内部に求心的に転換する様を描いている点である。その「思」いはまさに「思」いの求心的転換を対象として対自的に描く西行自身の「思」いでもある。

(9) この部分は佐藤正英「思想史家としての小林秀雄」(『季刊　日本思想史』№45、ぺりかん社)を参考にした。同氏はこうした意識の回折を意識発生論として述べている。

(10) 〈問題〉は、即自的段階から暗々裡に準備され、対自的段階において顕在化し、自意識の段階において極限化すると見做してよいだろう。懐疑において己れの何たるかが次第に問われるべきものとして顕わになって来るからである。なお、こういう〈問題〉は通常は形骸化する傾向を持っている。一旦〈問題〉に逢着するものの、問うているという自恃が〈問題〉の退っ引きならなさを遮蔽するだろうからである。しかし西行においてはこの〈問題〉は生涯それとして問いつめ続けられている。

ところで、自意識とその〈問題〉については、現実経験を含む意識の諸段階における他己意識との関連を本来扱う必要があろう。自意識は他在としての他己の自意識に映っているであろう自己への意識でもあるからである。本書では終章の四節で若干触れる以外、敢えてそうした点を括弧に入れ、絶対的安定との関連だけに限定して述べることにした。

(11) 小林秀雄は「西行」(序章・註(2))の中で西行を「空前の内省家」と評している。また佐藤正英氏は『隠遁の思想』(ちくま学芸文庫、平成十三年)の中で、「恋」を主題とした箇所で「恋は西行の中で同じ過程を辿る円を描いている。どこへの出口をももたない。同じ円を描きつつ、ひたすら自己の内へ深まっていく。」(二四三頁)と西行の「空前の内省」に関する指摘をしている。本書では、「恋」については直接は論じなかったが、なぜ西行の自意識が小林や佐藤氏の指摘した如く「空前の内省」という形を取らねばならなかったのか、また取ってしまったのかという点について掘り下げて考察する。なお、佐藤氏の同書は小林以降、西行の自意識を正面から取り上げた唯一と言ってもよい貴重な試みであり、本書において多くの教示を受けた。

(12) 以下は前註の佐藤正英氏の同書を参考とした。

(13) 論者は以下「なぞり」という表現を多く用いるが、これは或る事柄を相似的なものや類似したものに代替したり、また行為等を反復したりするという意で、即ち事柄や行為を相似的或いは再現的に認識したり行為したりするという意で使用するものである。
(14) 佐藤正英「西行と隠遁」(『国文学　解釈と鑑賞』、平成十二年三月号)によれば、恋慕した同僚の武士の急死であったという。
(15) 拙論「西行における彼岸のリアリティー――『はげしきもの』と『もの思ふ心』をめぐって」(『生田哲学』創刊号、専修大学哲学会、平成七年)に詳述した。「もの」とは現実経験において分節化されざる物自体の如き実在を表わしており、「すごし」とはそのような得体の知れない「もの」に接したぞっとする感覚を表わす語である。拙論を参照されたし。
(16) 『法華経』「序品第一」(『法華経　上』岩波文庫、二四頁)参照。
(17) 本節において、幻境世界の観念とは区別すべき現実的具体的な事物・事象を示す場合、用語を〔　〕で括った。
(18) 前註「信解品第四」(同、二三八頁)参照。
(19) 同右「妙音菩薩品第二十四」(同下、二二二頁)参照。
(20) 還帰という言い方をしているが、還帰は一般的には、即自が自己の否定を介して自己に向かい対自となり、その対自としての自己が既に自己の否定において自己であることを対自化し、その対自化を介して即自へと戻り即且対自になること、そういう弁証法的な自己内還帰を言うものである。しかし、絶望としての自意識においては、対自の対自は即且対自としての総合的な自己認識になるのではなく、即自へと還帰し自己を認識した段階で総合がなされず、即自からも対自からも疎外される形で謂わば両者からの疎外態として自己を認識するのである。その意味で、対自の対自は即自へと還帰するのだが、その還帰自身が弁証法的な即且対自とはならず、還帰が疎外をもたらせ続けると言い換えてもよいだろう。このことは、絶望の見る夢想においても、それが絶望に淵源する限り同断であり、自意識はこの疎外態としての自己認識をその本性において引き摺り続けるのである。

第二章　自意識と絶対知

本章は、前章を踏まえた上で、直接の西行への辿りは補足的に行なうにとどめ、西行における自意識そのものとその真の拠り所たる仏の絶対知そのものとの関わりについて、各々の乃至は関わりの在り方を勘案しながら形式的に述べた章である。次章以下の論述に対する予備段階の謂わば概念の見取り図として述べたものである。さて仏の絶対知は「現実経験の世界」と「幻境世界」と「存在の境域」とを自己の内部に取り込み尽くし、且つ〈自分〉の何たるかを解明し尽くした絶対的認識であり、「幻境世界」の全体として夢想される。西行の自意識は仏の絶対知へのなぞりを繰り返し、その繰り返しのうちに見えてくる〈自分〉の何たるかに関する光景を表現して行く。なお本書では、その表現がなされる世界を「表現世界」と表わすことにする。「表現世界」は仏の絶対知の内実が「思い出」の在り方をとって具現している世界である。西行の自意識にとってこの「表現世界」への表現は、仏の絶対知へのなぞりによる認識自体を絶対化せんとする営みでもある。

一　絶対知の内実

仏の絶対知は仏教においてよく「四智」として分節化されて表わされる。「四智」とは「大円鏡智」「平等性智」「妙観察智」「成所作智」とされるものであり、それぞれ順に、一切の事物・事象をありのままに認識する知、一切を平等なる相において認識する知、一切を差別相において認識する知、一切衆生に働きかけ教化・救済する知である。[1] 仏の絶対知はこの「四智」を総合した知でもあり、特に密教においてはこの「四智」の総合としての絶対知を、「四智」を総括し且つ「四智」の各々として働く「法界体性智」と表現して説いている。[2]

この仏の絶対知について、その観念としての内容を一言で言えば、全時空にわたる一切の事物・事象をその現れにおいてまたその本性において絶対的に認識し尽くしている知である。その在り方としては永遠且つ遍在であり、その作用においては個と個、個と全、自と他が相即相入し、絶対的にそれ自身において円満に完結した絶対的認識である。なお、仏はその認識の主体であるが、一切と相即相入し絶対的に完結しているのであるから、その対象とは交互に転入し浸透し合っているわけであり、対象と自己とが無限に交換され続けているものである。その様は「天珠の如くに渉入して虚空に遍じ重重無礙にして刹塵（無数）に過ぎたまへる」（空海『秘密曼荼羅十住心論』巻第一）[3] 等と喩えられるものである。

仏の絶対知は一切の事物・事象と自他とを絶対的に自らの内部に取り込み尽くし、それ自身において絶対的に完結した知である。その在り方は「月輪（『金剛頂経』他）」に喩えられ、因果や彼此が同時同在的に成立する絶対的

な円環をなす認識である。(4)

西行もまたこの仏の絶対知の完結を象徴する「月」の形象を数多く詠んでいる。

無上菩提の心をよみける

鷲の山うへ暗からぬ嶺なればあたりを払ふ有明の月　（山家集・雑・八九五）

詞書にある「無上菩提」とは、仏教において一般に「阿耨多羅三藐三菩提（無上正等正覚）」と表わされる仏の絶対知のことである。歌意は「釈迦仏が法華経を説いた霊鷲山は山頂まで明々とした明瞭な世界が広がっており、有明の月があたりを払う威力を示し出し輝いている」である。仏の絶対知たる「無上菩提の心」が、仏（釈迦仏）が説法した霊鷲山に現れる完結の象徴たる「月」として表現されている。

安楽行品

深入禅定　見十方仏

ふかき山に心の月しすみぬればかがみによものさとりをぞみる　（聞書集・一五）

「法花経廿八品歌」中の歌である。題は『法華経』「安楽行品」における釈迦仏の説く詩頌の中にある句である。題の意は「（求法者が）深く瞑想に入って、十方の仏を見る」である。詩頌において、求法者は「十方仏」を「見」

ること乃至はその他の事蹟によって、釈迦仏と同等の絶対知を得るとされる。(5)「十方仏」とは全時空の各時所に存する諸仏である。歌意は「深い山にあって心の月が澄むと、鏡の如き対象に四方の諸仏の絶対知の有り様を見るのだ」である。

諸仏においてはその認識主体と認識対象としての一切の事物・事象乃至は自他とが無限に交換されている。「よものさとり」とは内容上「十方仏」の絶対知と見做してよい。「心の月」の「心」や自意識によるなぞりの点は暫く措けば、「月」は、「十方仏」の各々の主体乃至は働きとしての絶対知を「かがみ」(個々の認識対象としての事物・事象乃至は自他を含意する)として収束させ、その収束を個々の認識対象から自己自身と相等する相として反射的に「みる」仏(題を受けた形で言えば、「みる」主体として「月」を有する者は求法者である。求法者ではあるが、「月」は絶対知を象徴するのであるから、「みる」ところにおいて、その求法者は釈迦仏と同等の絶対知を得た者となっている、と見做してよい)の主体乃至はその働きの様を表わしている。つまり「月」は諸仏の絶対知における全時空の個々の対象と各々の主体の無限の交換乃至は無限に交換する作用の諸仏自身への還元の有り様を仏(釈迦仏と同等の絶対知を得た者)自身によって絶対的に収束する様、言い換えれば、全時空の個々の対象と自他との相即相入を透明な在り方で絶対的に自己へと収束させる仏(釈迦仏と同等の絶対知を得た者)の絶対知そのものの自己内的な絶対的完結を表わすものとして表現されているのである。

さて、自意識(以下、西行の意識において経験される、謂わば西行の意識経験に即して自己を現す限りでの自意識。逆に言えば、西行の意識経験が反映し、その経験内容に彩られた自意識)において、自己の何者かであることへの絶対知へのなぞりによる絶対的認識は、その性格として、絶対的覚醒の意識として夢想される。前掲歌の「さとり」とはこの意識を意味する語である。自意識の目的は、その絶対的願望における限り絶対的覚醒自身である。絶対知たる絶対的覚醒は自意識の目的たることにおいて、自意識の成立根拠をその絶対的明証性において絶対的に解明すべき意識である。(6)

あはれなる心のおくをとめゆけば月ぞ思ひのねにはなりける　（聞書集・八八）

歌意は「感慨深く感受される自分の心の奥を訪ねて行くと、月が思いの根元になっているのだった」である。「あはれなる心」や「思ひ」は内省において見出される自意識である。その自意識の「おく」の「ね（根）」つまりその成立根拠が絶対的覚醒の意識としての絶対知に取り込まれ解明されている。自意識はその意識を目的として「とめ（訪ね）ゆ」くのである。

さて、絶対知に即して言えば、絶対知において根拠は自己意識（西行の逢着した悪無限的な自意識への変転を含意した意味において自己意識という語を使用する）へと到るものとして絶対的に解明されるが、その根拠は自己意識が意識たる限りにおいて、自己意識の成立を可能にする意識の根元的有り様として在るものであることは明らかである。絶対知はこの根元的且つ純粋な意識そのものが根拠としての存在の境域の側から自己意識として成立する処を解明し、その存在の境域が、純粋な意識の在り方で自己への意識としての対自性を本来的に内包せるものであることを究明すると言ってよいだろう。

絶対知は自己意識の根拠として対自的在り方を内包せる存在の境域（対自の対自へと変転する可能性を孕んでいる）

そのものを認識するのであるが、具体的な対自存在となった自己意識は自らの具体的認識の特殊性に基づく認識の限界を介して自己自身を見出し、自己を存在の境域の否定態として認識すべく存在の境域へと還帰せんとする傾向と、かく還帰せんとして現実の特殊な現存在の在り方として存在の境域から疎外される傾向をもつものとして存立している。絶対知はそういう具体的な出来の仕方をする自己意識の在り方を捉えるとともに、存在の境域としての根拠の具体内容を認識するのだが、還帰と疎外とは時間的表象を伴う場合がしばしばである。そうすると絶対知は、時間的に展開する具体的な自己意識の成立根拠、言うならば、時間的な発生ということの具体内容を解明していることになる。

二　初源の自己意識へのなぞり

自意識は絶対知を目的とすることにおいて、時間的に展開する自己意識の発生根拠の具体内容を解明せんとするのだが、その場合自意識は時間を既存に遡って自らの初源の在り方を解明することになる（以下、ものごとの始まりを「初源」と表わし時間そのものの始まりを「原初」と表わす）。自意識にとって根拠は条理ではなくその実質が求められるからであり(7)、実質は少なくとも自意識にとって現存在をかく成り立たしめた既存に求められるのであり、その既存における根拠は、その根拠を根拠たらしめた初源という端緒に見出されるべき根拠に求められることになるであろうからである。初源という端緒に見出されるべき根拠はその初源性において、自意識の自己意識としての根拠が既存において、根拠として存立することの絶対的根拠であると言ってよいだろう。

　今もされな昔のことを問ひてまし豊葦原の岩根木のたち　（聞書集・二六三）

歌意は「今もそうなのだろうな（昔と変わらないのだろうな）、昔のことを問うてみたいものだ、原初の岩や木に」である。「豊葦原の岩根木のたち」とは『大祓祝詞』にある語句で、[8]「豊葦原の水穂の国」たるわが国の初源における「天孫降臨」に際して、「磐ね《マ》樹立《マ》、草の片葉」がそれまでなしていた物言いを「語止め」たとする処から西行が引いたものである。

この歌は、自意識が、自ら遡行すべき既存の極限としての原初における「豊葦原の岩根木のたち」への「問ひ」を形成していることを示している。「今も」然りだろう、従って内容上原初たる「昔」も然りだろうとされるものは、[9]「問ひ」を発する当の自意識の有り様を措いての他にはない。即ちこの「問ひ」は、「今」の自意識によって発せられる原初としての「昔」における自意識の初源への問い、即ち自己意識の発生根拠への問いなのである。問いは、原初における「豊葦原の岩根木のたち」という事物・事象への「問ひ」であるとともに、それを対象として見る自意識の自己意識そのものとしての初源的発生根拠の解明を求めた問いなのである。

自意識はそのような初源的発生根拠への「問ひ」によって、自己意識の絶対的根拠を解明せんとするのである（なお、初源の自己意識の主体は、原初に居合わせた当事者としての「降臨」した「天孫」（及びその眷属）達である。西行は「天孫」達の自己意識をなぞっているのであるが、その点については後述する)。

さて、自意識が目的とする絶対知においては、自己意識の未在は目的としての自己であることが了解せられており、自意識はその自己を介して自らのあるべき未在を透見する。

若心決定如教修行　不越于坐三摩地現前

わけ入ればやがてさとりぞ現はるる月のかげしく雪のしらやま　(聞書集・一四二)

題は「もし心が定まり教の如く修行すれば、坐ったまま(原典は「不起」)で絶対知が現前する」という竜猛の『菩提心論』所説の句である。「三摩地」とは心が一点に極度に集中し且つ静寂安和である境地とされ、そこで仏の絶対知が体得可能となるとされる(『仏教学辞典』法蔵館)。歌意は「修行を志して山に分け入れば、そのまま絶対知が顕現するのだ。月の光が敷きつめられたように覆う雪の白山よ」である。

「月」に象徴される絶対知としての絶対的覚醒の意識(「さとり」)は、自意識がそれを目的とし、行為において釈迦仏が修行した雪山に比すべき「雪のしらやま」に「わけ入ればやがて」「現はるる」ものである。さてこの「やがて」は動作の連続を表わす語(副助詞)である。そうすると自意識の外化としての動作と自意識の目的とが、動作の連続という時間の継続、つまり或る時点とその未在という在り方で必然的に連結しているのが分かる。この連続的連結を絶対知の側から見れば、あくまでも夢想の側から見るとしたならばという限定付きであるが、自己意識が目的を持ち外化する限り、自己意識の未在は目的としての自己として了解せられているということになる。

自意識は、その目的としての絶対知において、絶対知を未在とする自己意識の有り様が捉えられていることを夢想し、自らのあるべき未在を透見するのである。

さて、その絶対知としての自己において自己意識の既存が絶対的に現前していることは確かである。従ってその自己は既存における自己意識の初源の発生根拠を絶対的に解明しているはずである。

自意識は絶対知とその見るべき事物・事象とをその観念においてなぞりながら、絶対知たるべく、自己意識乃至はその見る対象の初源における発生根拠の解明に迫らんとする。逆に言えば、初源の解明に迫ることによって自意識は根拠の絶対的解明をなすべき絶対知たらんとするのである。

なお、絶対知へのなぞりとは、自意識が絶対知に関わる観念を自己の有り様として擬することである。何故自意識が観念を志向し、擬することを為すのかと言えば、観念において夢想の絶対実現が表現されているからである。自意識はその表現を通じて自らその夢想たり得ようとするのである。希求される夢想は様々な様相を取るが、事物・事象乃至はそれを見る主体の像としての抽象的形象の在り方を取って、表現からの謂わば虚像として感得されるのだ。自意識はそうした虚像としての夢想を捉え、希求においてその夢想を自らの夢想とすべく、夢想としての現実において絶対実現する絶対知を獲得すべく、観念をなぞるのである。

自意識は絶対知を求めながら、或いは〈問題〉そのものの持つ存在論的構造において、有限なる現実経験の世界における即自的な意識に切り結ばれた現存在としての自己意識の活動領域を乗り越え、その世界の外部へと向かう。初源は初源たることにおいて現実経験の世界の内部には決して見出されぬからである。内部は日常性という点においては即自的に完結しており、自己意識は事物・事象及び自己を既存のものの恒常的な反復的再現において認識しているだろう。従って初源はその世界の内部にもし見出されるとすれば、既に初源そのものではなく既存のものの反復された対象としての意味しか見出されぬだろう。そういう点で初源はその本来的在り方においてその世界の外部にのみ求められると言えよう。即ち自己意識の初源は外部に求められるのだ。初源の根拠は根拠の存立の根拠たる限りにおいて、現存在としての自己意識そのものの存在の根拠として、自己意識を現存在へと謂わば現存在の外部から投げ込むものの側にあると言えるだろうからである。なおこのことは現実経験の世界における即自的な意識に内在する対自の発生の初源は現存在の意識を超越した処に求められ得るということでもある。

自意識は現実経験の世界を乗り越え、外部における既存なる処へと向かう。言い換えれば既存の自己意識の初源の発生が根拠の側から出来事として顕わになる場面を求めて、現実経験の世界における眼前の事物・事象を否定し存在の境域に衝迫するのである。その時既存の初源の徴表が現実経験の世界における事物・事象に示されている必要がある。現実経験の世界における既存の徴表しかも自己意識の初源の発生根拠に関わる徴表は、現実経験の世界の外部における自己意識の発生の在り方が刻印されたもの以外にはないだろう。その刻印としての徴表は自己意識の発生の在り方を伝えていると見做される既存の初源の他在としての誰かの表現を通して示唆されるものの他にはなく、従って自意識はその表現を介して事物・事象に居合わせんとする、つまりその表現をなさしめた初源の他在としての自己意識をなぞり、その他在が捉えた事物・事象に、根拠を解明せんとする意図において、表現を介した既存の初源の徴表を捉えて居合わせんとするのである。

御裳濯河のほとりにて

岩戸あけし天つみことのそのかみに桜を誰かうゑ始めけん　（西行上人集・六〇四）

詞書にある「御裳濯河」とは伊勢内宮に流れる河である。歌意は「アマテラスによる岩戸開きや天孫降臨のなされた原初の昔に、桜を一体誰が植え始めたのだろう」である。

桜は「誰か」という或る人格による「うゑ」るという意図的な行為によって、原初の表現としてもたらされている。言い換えれば、桜は、自然界に所与として即自的に在るものではなく、例えば栽培の結果もたらされる観葉植物が栽培者の努力の表現を示唆するものであるように、植えるという行為を介した、つまり対自化され作為的となった行為を介した人格の表現として、原初に謂わば制作されたものとして存しているのである。

この「誰か」とは、原初において発生した初源の自己意識である。むしろ自己意識であるがゆえに、桜が対自化された行為を介する制作された対象として措定されるのである。なおこの「誰か」とは、具体的な当事者としては天孫（及び天孫とともに降臨したその眷属たち）たる「天つみこと」と見做してよい。

自意識は伊勢内宮における自らの眼前の花において、原初における「誰か」としての初源の自己意識の、その他在としての有り様をなぞり、その何たるかを問うている。初源の他在の自己意識の有り様とは、自己意識の発生の徴表を有するものである。逆に言えば、自意識にとっての眼前の花は、自己意識の発生の刻印を示す徴表を顕わにする初源の他在の自己意識による表現を伝えるものとして捉えられているのである。自意識はその他在の自己意識をなぞり、その自己意識による花としての表現を介してその自己意識が捉えた初源の花を捉え、そこに発生が刻印された徴表を捉え根拠そのものへと迫るのである。

朽ちもせぬその名ばかりをとどめ置きて枯野の薄形見にぞ見る　(山家集・雑・八〇〇)

木のもとに住みけるあとを見つるかな那智の高嶺の花を尋ねて　(山家集・雑・八五二)

両歌とも詞書は略したが、前歌は藤原実方の墓の前で、後歌は花山院の庵室跡で詠まれたものである。歌意は前歌が「不朽の名声だけを残して実方はこの枯野に骨を埋めたというが、その形見には薄があるばかりだ」であり、後歌は「花山院の庵室跡を桜の花のもとに見たのだ。那智の山に咲く桜を見ようと入山したら」である。実方や花山院は歌枕の地を直接見て表現した者である。歌枕の地の観念及びその表現の何たるかについては次章で述べるが、歌枕の地を直接見て表現した者は初源の自己意識に擬される者である。自意識は、初源の自己意識に擬される実方や花山院という他在がかつてその場所において捉え表現した「枯野の薄」や「花」の「木のもと」に自ら到り、初源の自己意識の「形見」「あと」としての初源の徴表及び刻印を捉え、自らその初源の自己意識をなぞり、発生を捉えるべく根拠へと迫るのである。(10)

かくして自意識は絶対知の観念へのなぞりと、絶対知の観念に内属すべき認識の在り方とにおいて初源の場面における自己意識をなぞり——二つのなぞりはさしあたり相補的に相関すると見做して進める——、存在の境域に衝迫し、そこに接し自ら絶対知乃至は絶対的覚醒としての夢想へと転じることになる。

さて夢想としての自意識は表現を介して自己意識の発生の場面を捉えている。発生の場面は初源に表現された夢想を透かして捉えられる。

初源の夢想は、自己意識による自らの根拠としての存在の境域に関する夢想、即ち存在の境域の対自化としての幻境世界（引用歌で言えば、「桜」「枯野の薄」等の形象が存立する世界）である。初源の根拠をもとめて夢想となっている自意識は、この初源の自己意識における夢想としての幻境世界を対自的になぞるのである。

そこにおいてなぞっている自意識は、初源の幻境世界を透かして初源の自己意識の根拠からの発生を捉える。それとともになぞられている自己意識の初源の逆立像を捉える。即ちそのなぞりにおいてなぞっている自意識は、現存在としての自己意識の原形が根拠から発生する初源の端緒の様を認識するのである。なぞっている自意識は、その原形を自らの夢想の内部に取り込み、その原形において顕わになる自己意識の初源的発生の根拠を捉えるのである。つまり、なぞっている側の夢想としての自意識は他在の自己意識の初源をなぞり、その初源的発生の根拠を捉えることによって、自らの根拠そのもの、つまり根拠をそれたらしめる根拠そのものをなぞりという在り方で認識するのである。

三　絶対知の円環へのなぞり

自意識にとっては、仏の絶対知は自己意識のあるべき未在である。その未在としての絶対知においては、自己意識が自らを目的としていることを認識している。目的という認識において、絶対知は自己意識の自己内還帰と疎外と、そこに出来する対自化の不完全性に伴う頽落的回帰の有り様とをも絶対的に対自化し、自己意識がそうした回帰の有り様への否定において絶対知自身に絶対的に還帰する事態を認識している。しかもなおそうした絶対的な還帰そのものが絶対知自身の展開、即ち根拠を内包した自己がその根拠によって自己から疎外されて既存の初源において自己意識へと変転し、その変転が自己意識における自己内還帰と疎外及び回帰を生みだし、なおその自己意識が未在としての自己自身を目指して対自化を繰り返し展開するものであるということを認識している。

仏の絶対知は絶対的に自らの円環を閉ざし永遠において完結している。さて、自意識による絶対知へのなぞりは畢竟自ら絶対知の完結を試みる。なぞりがなぞりである以上絶対知の完結した円環をなぞり切ろうとするのである。

第一節に引用した「安楽行品」歌に戻れば、「月」は「心の月」である。「心」は自意識としての「心」である。自意識は自らの「心」において「月」としての絶対知の円環を徹底して擬するのである（なお「よものさとり」は他在による絶対知へのなぞりである。その点は次章以下述べる）。

自意識は完結した円環へのなぞりにおいて、初源の他在の自己意識を内部に取り込み、他在が捉えた幻境世界の現出を他在の認識（既存の初源）を内包しつつ十全に認識し、十全な在り方で自ら見る幻境世界（あるべき未在の目的）

を認識せんとする。なおこのことは、初源の他在の認識を対自化し、そのことによって初源の認識を限定的に捉え、なおそれによって自らその限定を乗り越えた在り方で、根拠そのものの絶対的認識に到らんとすることである。絶対的認識に到り、初源の他在の自己意識の発生をもたらす根拠そのものが、またその他在を見る自己自身の根拠そのものであることを絶対的に認識せんとするのである。そこにおいて、自意識は、初源の他在としての自己の発生の時点と、それを絶対的に認識するという絶対知としての目的の実現の時点とが接する円環を、自らの完結として構築せんとするのである（因果の同時性）。

自意識はその絶対知の完結した円環を観念的に構築せんとする。[11]その場合幻境世界からの現実経験への回帰も（初源の自己意識を取り込んだ）幻境世界の逆立として観念的に或いは示唆的に構築せんとする。

構築は観念的形象の総合において同時的な時間の枠内（自他の時間差を同時に俯瞰可能な枠組み）でなされる。同時的な枠内でなされることによって、発生の時点と目的の時点との関係が、あるべき対自化の時間的展開を透見せしめつつ絶対的同時的に成立し、円環が絶対的に完結したものとして措定される。言い換えれば、初源を対自化する実際の意識の経験が円環として絶対化されるのだ。

この同時的な時間の枠はなお絶対的にその枠組みの在り方が保証さるべき世界に存立している。その世界は全体として意識から自立独立したものとして定立せられ、なお意識の有り様を観念構成を含めた表現活動の有るべき在り方において絶対的に記憶し留めるべき世界、思い出という在り方で時間を絶対的に同時的に俯瞰しうる世界（絶対知を思い出という在り方で具現する世界と言ってもよい）、即ち表現の世界である。自意識は、表現世界へと観念を介して幻境世界の経験乃至はその経験の逆立の経験の投企を行なうことによって、絶対知の円環の完結としての絶

対化を現実的具体的に試みるのである。(12)

ここで西行の表現の在り方に即して一寸付言しておけば、西行の投企が歌(宗教観念による表現を直接引用した歌題や宗教観念を示唆する表現を含む詞書などを含める)の表現世界においてなされているのは、人々にとってそのことへの明確な認識の有無は別として、そもそも歌の表現世界そのものは、初源の出来事が歌の表現の在り方をとって記憶され留められている世界、その意味で歌に映し出される形で初源の出来事についての記憶が存立し、且つその記憶の再現可能性が保持されつつ持続している世界であると見做されている為であり、西行はその世界における初源の出来事の思い出の俯瞰の可能性へと自己を投げ入れることを志向した為であると考え得る。

この歌、天地のひらけ初まりける時よりいできにけり。(天の浮橋の下にて、女神男神となり給へることをいへる歌なり。)(『古今和歌集』「仮名序」(13))

文の意は、「和歌というものは、天地開闢の原初の時より出現しているものである(天の浮橋の下でイザナミの命とイザナギの命とが和合なされたことをうたった歌である)」である。

人々にとって歌の表現世界は、本来このような「天地のひらけ初まり」の原初における「女神男神」の初源の和合という出来事を初源の「歌」の在り方で記憶し留めながら、「歌」に映し出される形でその記憶された初源の出来事を再現し得る世界として見做されているのである。西行はそのような世界における思い出の同時的俯瞰の可能性を志向し、観念を介した経験の投企を試みるのである。

なお、西行が初源の自己意識の発生を捉える時に媒介する表現は、初源の有り様を記憶するという点において、この歌の表現世界の表現だといってよい（原初の「天孫」達が花を植えた表現も、初源の歌による初源の有り様の表現と同様のものと見做されているものとして進める）。即ち西行は、絶対知へのなぞりによる根拠解明の企図において、初源を歌の在り方で記憶するこの歌の表現世界に逢着したと見做せるのであり、根拠解明の帰結において、この世界の実質を踏まえて、投企を志向し試みているのである（逢着と投企は実際の解明の過程で対自的に繰り返される）[14]。

さて、認識はただ認識する経験だけで表現されないならば、移ろいやすいものである。観念構成も円環の完結も幻境世界を見るという認識の成立時点で形式上発生するが、その発生に伴い目的としての自己は頽落的回帰として自らから疎外され、従ってその認識自体は認識内容とともに移ろう可能性を孕み続けるのだ。しかし表現世界(以下、歌の表現世界を内包した表現世界)[15]は移ろわない。全てが思い出となっているからである。全てが思い出であるがゆえに、発生と目的とを二つの思い出として、絶対的に同時的な完結として俯瞰しうるのである。表現世界はそれを可能にする世界なのである。表現世界への投企は認識の経験をその形式と内容とともに絶対化するのである。

さて円環の完結は一旦は成功する。だがしかし、あくまでも円環は相似形にしか過ぎないのだ。自意識に即せば完結は一旦絶対的に成功したかに思うだろうが、次の瞬間にそれは絶対的なものではなく、また完結ではあるが全くもって相対的に終わった完結でしかないことが痛烈に認識されるのである。絶対知へのなぞりは有限なる現存に切り結ばれた自意識にとって決して十全にはなされはしないからである。

自意識は円環の完結の相対への転変とともに夢想から覚め（絶対的覚醒からすれば悪夢へと転じたことになる）、〈問題〉を再認し、そしてなお再び〈問題〉の解明に向けて絶対知をなぞりつつ初源の自己意識としての他在をなぞることを始めるのである。その時、自意識は初源の自己意識が自らの相似形であることを了解する。そしてそのなぞりにおいて初源の相似形を取り込み、再び絶対的完結を試み、なお前回において絶対的完結を相対的相似的完結に終えざるを得なかった頽落的回帰たる現在存たる己れとその対象の前回の姿をも、回帰における逆立の様態として対自化し、今回の完結において逆立的に表現するのである。前回において絶対的完結の不成功として絶対的完結においては表現し得なかった己れもまた対自的に取り込んで表現するのである。

ところがしかし、またその完結も相対へと転変し、またしてもそれが絶対的完結としての円環の相似形でしかなかったことがあらためて認識されて来ることになる。

　　疏文に悟心証心々

惑ひきて悟り得べくもなかりつる心を知るは心なりけり　（山家集・雑・八七五）

題は「疏文（『大日経疏』）に「心を悟り心を証する心（自己を絶対的に認識し自らの絶対的な完結を証する絶対知）」とある」である。歌意は「惑い続けて来て絶対知を獲得出来なかった私の心を知るのは私の心なのだ」である。自意識は、「悟心証心々」として表わされた絶対的完結の円環をなぞるとともに（初源の他在が言明されず特定されない作品においても、歌の表現世界を介し、且つ絶対知の円環をなぞる限り、暗にその存立が前提され取り込まれているものと見做して進める）、完結が十全にはなされ得ないことによって、相似形として生起する「悟り得べくも」ない己れの「心」を見出すのである。自意識は頽落的回帰としての「悟り得べくも」ない己れの「心」を「惑ひ」の「心」

において認識するのである。その「惑ひ」の「心」は、再び絶対的完結の円環へのなぞりを促して来る。「心を知」る「心」とは絶対的完結の円環をなぞる自意識である。「惑ひ」の「心」はなぞりを介して自らである「惑ひ」の「心」への対自的認識としての「心を知」る「心」へと転じるのである。

「心を知」る「心」は、「悟り得べくも」ない己れの「心」を「惑ひ」の「心」において認識する己れとその「心」を捉え、且つそれとして対自的に表現する。対自的に認識し表現する「心」はその投企において、「惑ひ」の「心」を持つ己れとして顕わになる逆立した己れとその「心」を取り込み完結させるのである。それとともに、その逆立した己れの「心」「を知」る「心」としての絶対的完結の円環をなぞる己れとその「心」自身をもまたそれとして対自的に取り込み、表現において投企し完結させるのである。ところが、その完結は更にまた相対へと転変する。「心を知」る「心」は「悟り得べくも」ない「心」でもあるからである。自意識はその回帰した己れの「心」を「惑ひ」の「心」において再び捉え再び円環をなぞり表現することになる。

自意識は、そうした絶対的完結の相対への転変と相対的完結の対自化を踏まえた絶対的完結との往還をまさに対自的に繰り返して行くのである。

悪夢は、転変とともに対自の対自の重なりとしてはてしなく再生産される。しかし、悪夢は悪夢のままで同質的に続きはしない。円環は相似形でしかなかったが、しかし、一旦は完結させたのである。相似形としてではあるが円環は完結として成ったのである。その相似的円環を自意識は捉え、悪夢そのものの僅かではあるが幾許かの安定を知るのである。その認識内容は、悪夢に相対的な絶対完結ならざる謂わば絶対的な絶対完結への漸近感をもたらしめる。その漸近感において内省は意志を立ち上げ再び絶対知へのなぞりを始めるのである。

註

（1）仏の絶対知そのものを積極的に分節化して説く立場は主として唯識の立場である。「四智」はその唯識説（『成唯識論』等）で説かれているものである。

（2）唯識説の「四智」は密教（『金剛頂経』『蓮華三昧経』等の経典に所説）において総合的な「法界体性智」の内に取り込まれ、あわせて「五智」とされるに到る。なお、空海は『辯顕密二教論』『即身成仏義』等で『金剛頂経』の所説を引用し、又『秘密曼荼羅十住心論』巻第十においては同経の「五智」の語への注釈としてこの総合としての「五智」を説いている。

（3）『空海』日本思想大系、岩波書店、八―九頁、括弧内は論者。

（4）因果や彼此の同時同在性は特に『華厳経』の立場で主張されるが、仏教全般において仏の絶対知は「円融」や「円通」等と言った絶対的な円環をなすものとして説かれている。

（5）『法華経』「安楽行品第十四」（第一章・註（16）中、二八二頁）参照。

（6）絶対的認識は可能的には絶対的明証性を絶対的に否定する認識たりうる。しかし、自意識が求めるものは意識の自己性の根拠であり、明証性の否定はこの自己性自体の否定になると考えられ、従って明証性を否定する認識は本来的に求められないと見做しうる。

（7）自意識は自己の合理的根拠の解明を求めているのではない。合理としての権利上の根拠が解明された処で、自意識は安定しまい。自意識は現存在としての自己を不可避的に自己たらしめる謂わば実存の根拠を求めているのであり、従って現存在としての意識経験をもたらす、そういう意味での経験を経験たらしめる経験的実質的根拠の解明を欲していると言ってよい。

（8）『古事記　祝詞』日本古典文学大系、岩波書店、四六二頁参照。

（9）「されな」は「然《さ》り」の已然形に、念を押したり確かめたりする意を表わす終助詞「な」が付いたもの。

（10）藤原実方には「枯野」や「枯野の薄」という表現は見られず、また墓のある場所で直接詠んだ歌は見出せないが、「薄」に関しては「ふくかぜのこころもしらではなすすきそらにむすべる人やたれぞも」（『実方集』新編国歌大観・第三巻六七・一七）他一首があり、墓の場所を含む地域としての「みちのくに」の他の地で詠んだ作品もまた幾つかある。

花山院の「花」についての表現は、那智で詠んだものとして「木のもとを住みかとすれば自づから花見る人になりぬべきかな」（『詞歌和歌集』巻第九「雑上」二七四、岩波文庫）があり、西行はこの歌を踏まえて表現している。

(11) 絶対知の観念からすればその再構築である。自意識はこのなぞりとしての再構築を営み続けるのである。
(12) 表現世界そのものは、初源において存在の境域が自己意識へと転化する際にもたらされたもの、と仮定して進める。
(13) 第一章・註(8)、四九頁。
(14) 西行の自意識の投企が歌の表現世界においてなされるのは、以上述べた如くその世界の存在性格への認識を前提とし、それを踏まえた上で絶対知の完結を試みた為である。それ以外の理由は、少くとも自意識と絶対知の関わりに即するかぎり、考え得ない。
(15) 表現世界全体と歌の表現世界との関わりについては、終章・註(2)と(3)でも触れるが、西行において歌の表現世界は、細かく言えば、詞書(左注も含む)の表現世界、歌(和歌)の表現世界、歌題の表現世界の三つに区分け出来る。本書ではさしあたり、詞書の表現世界は周縁世界に関する表現の可能的全体が対自化されたものと見做し、詞書の表現世界が対自化されたものが歌(和歌)の表現世界、歌(和歌)の表現世界が対自化されたものが歌題の表現世界、表現世界そのものは周縁世界を含む現実経験の世界に関する表現の思い出の可能的全体と歌の表現世界の三者全体及び他の表現世界とを包蔵するもの、少くとも西行はその様に認識していたもの、と考えておくことにする。
　ところで、西行の歌題の表現世界は、経典等から直接的に引用した絶対知を巡る観念と、それ以外の所謂花鳥風月等の観念から成るものである。本書では、さしあたり花鳥風月等の観念が絶対知において対自化されたものが経典等からの引用の観念と見做しておくことにする。また、そうした経典観念が詞書や歌(和歌)に直接的に現れる場合があるが、このことは、経典観念としての歌題の表現世界が詞書や歌(和歌)の表現世界に再帰的にもたらされたものと見做しておくことにする。

　なお付言すれば、個々の歌題としての経典観念の各々は、論理上、表現世界そのものを対自的に収束させる観念である。だとすれば、西行における経典観念の歌題を用いた題詠表現自体は、表現世界(経典観念の歌題が開示するもの)へと投企する己れの意識内容(なぞりによる和歌表現)の更なる投企と見做すことが出来るものである。つまり、円環をなぞる有り様自身を円環として完結せしめるもの、更に言い換えれば、経典観念を再構築する有り様自身を観念として再現的に構築したものであると言える。以上を踏まえれば、経典観念による題詠表現以外の歌の表現は、この経典観念の題詠表現へと対自的に収束さるべきもの、逆に言えば、経典観念の題詠表現を謂わば発散的に映現せしめるものが他の歌の表現であると考えることが出来るものである。

第三章　能因へのなぞり ――「白河の関」を中心に

西行は絶対知へのなぞりにおいて、〈自分〉ではない他の人格たる具体的な他在の自意識をなぞっている。具体的な他在の自意識へのなぞりが絶対知へのなぞりの指針になるのである。なぞられる他在の自意識は西行の場合初源を映し出す既存のそれである。本章では、そうした既存の他在の自意識へのなぞりの相について、隠遁の先達者としての能因法師との関わりに即して述べる。西行は初源を映し出す能因の自意識をなぞるべく、絶対知が映現する〈歌枕の地〉に向かい、能因と共に絶対知をなぞり〈自分〉の何たるかの解明を試みるのである。

一　能因をなぞる歌枕の地への旅

西行はその隠遁生活を通じて四度の大旅行をしたとされている（厳島迄一回、四国方面一回、奥州二回）。西行の隠遁生活は主として都周辺・吉野山・高野山・伊勢において営まれており（各々一カ所での長期定住ではなく、その地域内部を転々としていたとされている）、それら地域を中心に更にその周辺、例えば大峰・熊野等への旅は幾度も繰り返されているが、主たる生活地域からの遠路の大旅行はその四度とされる。

大旅行の思想に関わる理由は何であったのだろうか。(1)

そこで、一般に初度奥州旅行と言われる西行の隠遁初期（二十歳台後半頃とされる）になされた最初の大旅行の中に、その理由の一端を探ってみることにする。

さて、西行のこの旅中に詠んだ歌及び詞書に登場する殆どの地名、例えば「白河の関」「信夫《しのぶ》」「武隈《たけくま》の松」「なとり河」「衣河」等は、西行より百数十年前に生きた能因という隠遁者がかつて訪ね、そこで歌を詠んだとされる歌枕の地である。(2) 即ちこのことから、この旅は西行にとって、明らかに意図的に能因の歌枕の地に関わる見聞・表現の足跡を自らもなぞらんと欲し且つそれを実行したものだったと見做してよいものである。歌枕の地における能因の意識を自らなぞり、そのなぞりを介した自らの見聞・表現の旅だったのだと言ってもよいだろう。

ところで右に挙げた歌枕の地の中でも特に「白河の関」に関して注意すべき点がある。この地は、奥州における能因関係の歌枕の地の立ち並ぶ世界がそこから始まる場所であり、謂わばその世界へ入って行く通路とも言うべき場所である。この地の特殊性は追々述べるが、注目すべきは、西行はこの地で敢えて能因の名前や彼の歌（部分）を直接挙げて彼を思い起こしている点である。即ち言うならば、この「白河の関」という地は能因をなぞる自らの見聞・表現に関する旅そのものの何たるかを、まさしくそれとして対自的に表わすべき場所であったと言えるのである。

そこで、本章においては、西行自らこの旅そのものの対自化をなしている「白河の関」に関する表現を中心に置いて考察を行なうことにする。その表現には、この旅そのものの対自化を介して西行にとっての旅という事柄そのものやその非（長期的）定住の生き方そのものの根本に関わる事柄もまた含意されていると思われる。

西行がなぞった能因（九八八―一〇五八？）は、俗名を橘永愷《ながやす》と言い、若年にして中央の高級官吏（文章生）となり肥後進士と称せられた秀才であったが、二十六歳の時愛人の早世により隠遁した。隠遁の後も世俗世界の表現者達と交わり続けたのだが、和歌への強い関心に基づいて『古今和歌集』以降の和歌において定型化せられた各地の歌枕の地を実際に何度も訪ねている。その各地で自ら詠んだ歌は家集『能因法師集』にまとめられており、また諸国の歌枕の地及びその他の様々の歌語を集めて簡略に解説した『能因歌枕』を表わしている。右に述べた西行との関連における奥州の地名は、この『能因歌枕（広本）』に載せられた歌枕の地であり、能因自らその地で詠んだ歌はその家集に所載である。

さて、こうした能因に関わる奥州の歌枕の地を訪ね、そこで歌を詠むということ自体、否遠方の歌枕の地をそれとして目指し実際に訪ねるということ自体、大旅行自体が希であった当時の人々にあって極めて特筆すべき異例な出来事なのである。西行はそうした異例なる旅に挑み実行したわけなのである。

能因をなぞり且つ表現する歌枕の地への旅は、世俗世界の人々の在り方としてではなく、隠遁者の在り方としてなされたものである。自らにとっての絶対知へのなぞりのあるべき在り方への謂わば徹底化の営みにおいて、西行はこの歌枕の地への旅を企図し実行したのである。この旅の思想上の理由は主題的にはまさにそこの処に収斂するのであり、「白河の関」における対自化の表現は、その思想的主題そのものの何たるかへの対自化でもあるのである。

二　能因と歌枕の地

能因は実際に歌枕の地を訪ねそこで歌の表現をなしている。能因が訪ねた歌枕の地は都の彼方の周縁世界に主眼が置かれており、具体的には奥州（二度）・三河・美濃等々であり、晩年には四国にも渡ったという。ところで歌枕の地一般について、一寸触れておく必要がある。細かい検討は控え、ごく簡略に述べる(3)。歌枕の地とは抽象的な特有の空間形象を内容とした幻境世界の観念である(4)。それはまた周縁世界の具体的な特定の場所も示しており、世俗世界と幻境世界との通路を示唆する観念でもある。その原形の成立は遙か古代であり、下って『古今和歌集』以降に定型化せられたものである(5)。さて観念の生成には観念をそれたらしめる意識が前提されるが、歌枕の地の観念は古代における初源の自己意識である。自己意識であるがゆえに幻境世界及び通路を示唆する観念が措定されたのである。歌枕の地の観念の内容である空間形象は、周縁世界の特定の場所による触発を介して開示した存在の境域にある姿形、謂わばそこに存する構造が投射したものと見做し得る。形象の抽象性の本質はこの構造に由来するとしか考え得ないからである。その空間形象に、触発及び開示をもたらせた特定の場所の徴表が付託され、通路の意が含意されたのである。そのような観念が、後代の表現者達の自己意識に暗々裡に内属する幻境世界への願望によって、空間表現（或いは掛詞や縁語へと転じる表現）の範型として表現世界において対自的になぞられ、伝承されたのである。後代の表現者達、特に『古今和歌集』以降の者達にとって、歌枕の地は既に定型化された表現の範型となっており、従って歌枕の地を表現する場合、その周縁世界の特定の場所に直接赴き場所を直覚する必然性は全くないものとなっている。そのこともあって、表現者達にとってその場所の多くは実際には未見のものであったのである。

さて能因の歌枕の地への関心は、端的に言って初源の自己意識への強度の関心だと言ってよい。能因の場合、その強度の関心において願望が絶対化し、直接行動にまで到ったと考えられる。

能因を歌枕の地の直覚へと駆り立てたものは、その働きの側面から言えば、世俗世界の表現者達の願望に収斂し切れない願望の激しさ、つまり表現者達からすれば彼らの願望を乗り越えた部分である。この部分の突出は、能因が隠遁者であったことと無関係ではない。

隠遁者たることにおいて能因はその願望の突出によって幻境世界に直接到達せんとする。その幻境世界への絶対的願望——即自的に言えば、絶対的願望における夢想として現出すべき幻境世界へ直接的に到達せんとする根源的欲動——が自己意識の初源性の示唆を介して激しく立ち起こり、絶対的行為における歌枕の地の直覚へと能因を駆り立て、そしてその場所に直接到らしめたのである。

能因は歌の表現者として他の表現者達と同様に、歌枕の地の観念を対自的になぞり続けたはずである。その過程において能因の念頭には幻境世界とともに隠遁者としてなぞるべき或る宗教観念がよぎったはずである。その宗教観念が幻境世界への願望をより強度にすべく促し、それとともに初源性への関心が激しく自己主張し始め、ついに願望が絶対化——根源的欲動の外化をもたらす——したと考えられる。

ところで能因が隠遁者として如何なる教行を護持していたかは不明である。当時の能因の知己もそのことについて全く触れていない。『能因歌枕』には幾つかの神祇の簡略な説明があり、作品には仏教の一般的な象徴表現（例えば「月」）等が若干見えるが、それらも人々の常識的知識の枠を超えたものではない。

その点について多くの研究家は、能因は隠遁者としては極めて不徹底な者であったと断じている。

しかし、不徹底な行為者にどうして多くの世俗世界の人々や表現者達にとって殆ど未見である彼方の歌枕の地に到らんとする意志と行動力がありえようか。どうして隠遁者として晩年に到るまで歌枕の地への旅を続けられようか。

能因をつき動かしたものは「数奇」という狂気じみた美意識とする説もある。(6) 能因より後代の人々にしばしば見られる、能因に対する意見である。しかし、能因の歌には一点の狂気も異常な興奮もない。むしろ極めて冷静な認識力が歌枕の地に接した深い感動とともに貫かれているとさえ言ってよい。もし能因の美意識の異常を言うなら、同時代（『後拾遺和歌集』の時代）における他の表現者達もまた全て異常な美意識の持ち主だったとする他はないだろう。

能因は隠遁者として、むしろ優れて徹底した行為者であったと言ってよい。教行の護持が伝わらぬのは、隠遁者としての肝要の部分を世俗世界の人々に一切知らせなかったという謂わば隠遁行為の徹底の為によるものだ。その徹底において、隠遁の本質的不十全さに対峙するに些か対他的にナイーブであっただけだ（その点で西行は極めて武骨且つ正直である）。そうした隠遁行為者が世俗世界の人々と接点を持っていたのはひとえに表現者としての在り方においてであり、表現世界を他の表現者達と共有していると認識していたからである。能因は共有さるべき表現世界を介することによってのみ世俗世界の人々と交わったのであり、それ以外の生活や生活の核心を伺わせる教行の観念等は徹底して人々から隠したのである。不徹底な隠遁者ならむしろ自らの教行を人々に披瀝することさえ有り得よう。だが能因にはそういう気配すら見事なまでに無いのだ。この見事な沈黙の力にまずもって能因の徹底を見るべきである。また後世において能因がしばしば「数奇」者とされるのは、能因の行動に見られる隠遁者としての根源的欲動や願望の過剰な部分が、人々から見れば一見異様で狂的な姿に映った為である。

能因の隠遁者としての宗教観念へのなぞりは、畢竟仏の絶対知へのなぞりである。絶対的に安定した意識へのなぞりであり、その意識の見る幻境世界へのなぞりである。そのなぞりとの必然的相関において、歌枕の地における初源の自己意識へのなぞりが直接行動によって試みられたのである。

三　「白河の関」における〔初源の自己意識をなぞる〕能因の自意識へのなぞり

さて、能因は隠遁者としての絶対知へのなぞりと自己意識の初源性へのなぞりにおいて、紛れもなく自意識の人であったと言ってよい。絶対知への絶対的願望を介した初源性への志向は、まさしく自意識が〈問題〉を絶対知における実質的解明へともたらせんとする処において顕わになるのであり、能因はその志向において幻境世界（逆立像は、初源の自己意識の当事者の像である、と意識する処に出来する）の初源としての歌枕の地における初源の自己意識をなぞろうと欲し、事物・事象における初源の表現を介した幻境世界・逆立像の徴表及び刻印を目指して斯く行為したのである。逆に言えば刻印を目指すという意図があるからこそ、歌枕の地に向かったのである。[7]

さてそうした能因を西行は更になぞっているのである。

西行に次の様な作品がある。

みちのくにへ修行してまかりけるに、白川《ママ》の関にとゞまりて、所がらにや、常よりも月をもしろくあはれにて、能因が、秋風ぞ吹くと申しけむ折、いつなりけむと思い《ママ》でられて、名残り多くおぼえければ、関屋の柱に書きつけゝる。

白河の関屋を月のもるかげは人の心をとむるなりけり　（山家集・雑・一一二六）

詞書の意は「奥州へ修行の旅をして参った折りのこと、白河の関の跡に佇んだ時、土地柄であろうか、いつもより月がすばらしく情趣に溢れ、能因法師が「秋風ぞ吹く」と詠んだのはいつのことだったのだろうと思い出されて、立ち去りがたい思いに駆られ、関守の住居跡の柱に歌を書き付けたのだった」である。歌の意は「白河の関の関守の住居跡に漏れ入る月の光は、人の心を留めるものなのだな」である。

なお、詞書に「能因が秋風ぞ吹くと申しけむ」とあるのは能因の次の歌である。

　みちのくにゝまかり下りけるに白川《ママ》の関にてよみ侍りける

都をば霞とともに立ちしかど秋風ぞ吹く白河の関　（後拾遺和歌集・羈旅）[8]

詞書の意は「奥州に旅をして参った折のこと、白河の関で詠んだのであります」である。歌意は「都を春霞の頃旅立ったのだが、白河の関に着いた時にはすでに秋風が吹いているよ」である。

また能因は平兼盛（？—九九〇）の次の歌をなぞっている。

　みちの国の白河の関越え侍りけるに

たよりあらばいかで都へつげやらむけふ白河の関は越えぬと　（拾遺和歌集・別）[9]

詞書の意は「奥州の白河の関を越えた（折に詠んだ）のであります」である。歌意は「都合よく都へ上る者がいたならば、是非都の知己に言伝を頼もう、私は今日白河の関を越えたのだと」である。[10]

ところで「白河の関」は奥州の歌枕の地として有名な関所である。この関所を含めて関所の世俗的現実における役割が何であるかは別として、表現者達にとって関所はその世俗上の役割や役割を履行する建造物（施設の観念を含意する）という意味内容においてではなく、歌枕の地として存立している。歌枕の地の観念としての存立においてはそもそも形象的には幻境世界の現出が示し出されているわけだが、関所そのものの建造物としての観念がただちに無媒介的に幻境世界の形象となっているのではない。関所の観念は内外の境界を分かつものとして外部たる幻境世界への世俗世界内部からの通路そのものという場所（何らかの特定の事物・事象を可能的に存立せしめる局所的空間）として表象せられるのである（表象の内容は個々の関所において異なるだろうが）。

関所は、歌枕の地の通路としての意味を謂わば象徴的に保持している歌枕の地なのである（「橋」もその可能性があると思われるが、措く）。

さてここで関所について一寸考察しておく。

関所が象徴的なものとなっているのはその歌枕の地としての構造の特殊性の故である。

関所の構造は、建造物の構成形式として自体的には異郷（神秘性を醸し出す馴染みのない地域という意で述べる）への通路の観念と必然的に連結している。異郷への通路の観念は歌枕の地のその通路としての意味を観念として連想せしめる。関所の構造はその連想によって歌枕の地におけるその通路としての意味を開陳するものとなったのである。言い換えれば、構造自体が歌枕の地の構造に由来する形象に意味付与された外部との通路となるべき場所の在り方を観念において対自化した構造、謂わば擬似的構造なのである。なお、この観念を介した擬似的構造としての対自化はおよそ歌枕の地全体の古代からの伝承の過程の中でなされたものと考え得る。その伝承の経緯において関所の建造物の構成形式に歌枕の地の構造の対自化された擬似的構造という更なる意味付与がなされたものと考え得る。

更に関所においてはその対自化された擬似的構造の開示を介して幻境世界が現出するのだが、その場合擬似的構造は諸々の歌枕の地の構造を全体として呼び覚まし、現出は歌枕の地全体としての幻境世界全体（歌枕の地の全体に対応する限りでの全体）を予感させる現出となる。関所の形象に全体が背景として現出する有り様と言ってよい。

関所はその特殊構造に基づき、その観念において外部との通路を象徴的に表わすべき場所として表象さるべく伝承されたのである。兼盛の歌の如く関所自体を表現する何らかの他の表象はなく、関所は「越える」という行為を自覚的に際立たせるべき通路としての場所を表わすのであり、「越え」て行く先は外部たる幻境世界である。関所は外部との通路という歌枕の地の本来の在り方において含意された意味内容の対自化された歌枕の地であり、さらにその形象は幻境世界の中においては、なお歌枕の地としての幻境世界全体を到来すべき背景として予感させるもの、分節化して言えば、様々な歌枕の地の形象にこれから遭遇すべき予感を孕んだ形象としての歌枕の地なのである。そして擬似的構造自体はそうした関所の形象の中に暗々裡に隠されているのである。

さて歌枕の地として存立するこの「白河の関」は、周縁世界において特定される建造物自体の所在においてなお固有の地理的限定を伴ったものであり、都からの遠さ即ち世俗世界との隔たりと異郷の近さとをはっきりと意識させる場所である。しかも歌枕の地の観念において世俗世界から見て歌枕の地としての幻境世界の到来を予感させ、さらに幻境世界全体の到来を予感させるという内外の境界に立つ通路であり、この観念全体としてまさに外部との通路そのものの象徴たる関所という場所のなお更に代表的な――関所そのものを意識化させる――関所と言ってよい。

さてこの「白河の関」という場所において、能因は兼盛という既存の表現者の意識をなぞっている。能因にとって兼盛は初源の自己意識に擬される者である。擬されるからこそ能因は初源の徴表を捉えるべく、この場所において兼盛の表現をなぞるのである。そして西行は兼盛をなぞる能因を更になぞっている。西行は隠遁者の先達としての能因における初源の自己意識へのなぞりを介した絶対知へのなぞりを対自的になぞるのだ。

四　絶対知へのなぞりとしての〈初源への〉対自化の重層的連結

「白河の関」は西行がその場所を訪れた時点で建造物としては既に荒廃し廃虚と化している（西行は当時既に所謂旧関の趾となっていた場所を訪れたのだ）。西行は廃虚としての「関屋」という事物に接し、初源の自己意識を対自化すべく、能因によるなぞりを介して初源の自己意識がその発生において捉えた事物の（擬似）構造を初源からの時間差を捉えつつ捉えるのである（初源における形象は固有の構造を謂わば純粋に写し取っているだろう。従って初源への志向は必然的に固有の構造を捉えることになる）。「関屋」の廃虚というその廃虚としての有り様は、自意識においてそういう初源からの時間差を具体的に顕わにしている。この具体的な時間差への認識を介して、初源の自己意識の対自化が実際に決意され志向されると言ってよい。しかもその事物は観念において通路の代表として意識化された事物である。即ち幻境世界及びその全体の到来が明瞭に意識化された ―― 予感が極度に高まるべき ―― 事物である。言うならば、この場所こそが幻境世界及びその全体の現出に立ち会うべき場所であると明確に認識しつつ初源の（擬似）構造を実際に捉えんとするのである。西行は能因もまた斯くあったであろう如く、その極度の予感の中で発生を対自的になぞるのである。

その時「月」が「関屋」の上方にかかり、「関屋」と「関屋」を捉えまた先人達を捉える自分を皓々と照らすのである。「所がらにや常よりも月をもしろくあはれ」なのである。月が素晴らしく皓々としなお「あはれ」という出来事の一回性を際立たせる感覚・感情に溢れて、廃虚と西行とを照らすのである。

「月」とは仏の絶対知の象徴である。西行は「白河の関」に「月」の観念を総合せしめることによって（その総合を可能とすべく「月」という事物の出現を待っていたとさえ言えようが）、絶対知へのなぞりを極めて意図的に自覚的に遂行しているのである。つまり初源の自己意識の対自化をなすべき絶対知へのなぞり自体をまさに対自的に実現しているのである。

ところでこの絶対知へのなぞり自体の対自化は、能因の絶対知へのなぞりに対する対自化において可能になったものと言ってよい。或いは逆に、絶対知へのなぞりの対自化においてそのなぞりの実現者としての能因を見出したのかも知れない。

いずれにせよ、「月」の配置によって、絶対知の観念と関所という事物の形象と兼盛・能因そして自分との連結を意識的に、即ち絶対知へのなぞりを、幻境世界及びその全体の現出を極度に予感させる事物における初源の対自（兼盛）の対自（能因）の対自（自分）の対自（絶対知へのなぞりの対自化）として遂行しているわけなのである。(11)

歌はそうした西行の対自化の重層的な連結をそのまま幻境世界の光景として表現したものである。「白河の関屋」に「月」の「かげ（光）」が（雲間より）漏れ届いている（「もる」に関守の「守り」をかける）。その絶対知の働きが「人の心」たる自分たちの自意識をそこに「とむる（留める）」のである。

幻境世界全体の現出を背景として感得しつつ、「関屋」の形象を前にして兼盛と能因とともに自分の自己像がその形象に見入っている。形象はかつて兼盛が、また能因が見た各々の時間差を顕わにしながら立ち並び、且つまた自らの現存在に切り結ばれた廃虚も形象として並んで立っている。

兼盛と能因の意識には「都」という場所も現じている。「都」は彼らにとって既に遠く彼方の地であり、彼らの心中において既に世俗世界ではなく、「白河の関」の具体的な現実経験からみた周縁世界の光景となっている。彼らは「都」の世俗世界から見た周縁世界の「白河の関」の側に立ち、「都」の世俗世界をそこからの周縁世界において見出し、その彼方の空間がまた関所とともに幻境世界の中に存立している。

そしてそれらの幻境世界の形象を透かして周縁世界における事物や光景や彼ら自身の逆立像が彼らの意識の中に浮かび上がっている。西行はそういう幻境世界の形象及び彼らの自己像において、自己意識の発生における「関屋」の事物としての形象（可能的には兼盛の見たものを更に古代の原初の自己意識の見たものへと遡行させて捉えたものと言える。初源への志向は本来的に原初への志向でもあるからである）を捉え、なお且つ目的としての「月」とそれらを見る己れの自己像を捉え、更に現存在に切り結ばれた廃虚としての「関屋」の形象と己れ自身の自己像とそれらの周縁世界の逆立像とを捉えているのである。

さて「月」という絶対知の象徴の像——絶対知の働きが由来する謂わばその観点と言ってよい——と「人の心」

つまり兼盛・能因が見る形象と彼らの自己像及びそれらを対象を透かして見る己れ自身の自己像とが、それら他在全員の逆立像の示唆とともに存立し、なお絶対知が自分たちの側を一挙に照らしている光景は、西行において絶対知の認識すべき対象の中に、絶対知へのなぞり自体を対自化する自己像が存立していることを表わしている。このことは西行の自意識が能因と同様の性格として絶対知をなぞる自意識でありながら、自意識においてかつての自意識を対自化する己れの意識へのさらなる対自化をなすもの、即ち自意識の自意識であることを告げている。この極度の内省が、幻境世界の中にその世界全体の対自化を感得させる象徴とそれをなぞる己れ自身の自己像とを措定しているのである。

「月」に照らされた現存在に切り結ばれた「関屋」の廃虚の形象は、そういう自意識の自意識において、関所としての（擬似）構造（初源の形象）が明かされ、その構造の明かしが初源の自己意識（兼盛或いは原初の自己意識）と絶対知をなぞる主体（能因）によるものとして捉えられ、さらに彼らによってその構造を介した幻境世界の（全体を予感する）定立と示唆的な逆立像の反定立がなされたことが捉えられる。そしてその各々の定立・反定立の時点の時間差において、各々の幻境世界・逆立像の徴表は各時点毎に変化し移り行く関屋の形象（逆立像の示唆を含むもの）とともに現れ、なお且つ、その形象全体が廃虚の形象に連なるものとして認識せられるのである。そしてそういう廃虚へと連立した形象への自らの認識自身が、先行する主体（能因）の絶対知へのなぞりの対自化であることが対自化せられているのである。

さて「月」に「人の心」が留められた「関屋」の廃虚へと連立した形象とは、絶対知の対象たるべき自己意識の時間的展開の徴表の全体に他ならぬ。「月」に照らされた廃虚へと連立した形象の徴表の全体において西行は絶対知がまさに今此々でその円環を完結させたことを対自的に認識し表現するのだ。主体の方向から言えば、自らこの瞬間において絶対知へのなぞりを完結せしめ、またそのことを対自的に認識し表現するのだ。なおその円環は円環の内部に時間的展開の中でなされた円環の相似的実現と、その相似的円環及びその相対への転変への絶対的な対自化、及び円環全体へのなぞりの絶対的対自化とを包含したものだ。このことを譬えて言えば、一個の大きなガラス玉の中に中くらいのガラス玉が数珠繫ぎに連なって存しており、その中くらいのガラス玉が一回り小さなガラス玉としての逆立像を映し出している状況であり、西行はその大きなガラス玉とその中身を見ており、そういう西行と大きなガラス玉を包んで最大のガラス玉があり、その存在を西行は眼前の大きなガラス玉に見立てているわけである。西行はそういう円環の完結を「月」の形象と「関屋」の廃虚へと連立した形象における徴表の全体の対自化において認識し表現しているのである。西行はそういう内容を持った各々の円環の連結を含み込んだ円環を、「月」に照らし出された「関屋」の廃虚へと連立した形象の対自化を介して対自的に認識し表現しているのである。

五　絶対知へのなぞりとしての〔対自化の重層的連結への〕対自表現の重層化

ところで西行は自らの絶対知の円環の完結を表現としてなす時点において、奇妙な行動に出ている。即ち幻境世界——幻境世界の対自化をなす自己像及び逆立像への示唆を含み込んだ幻境世界——を表現せんとするに、歌を「関屋の柱に書きつけ」たのである。

西行は何故このような行動に及んだのだろうか。

「関屋」は「月」に照らされることにおいてその（擬似）構造を明かすとともに、先行する主体の円環を徴表の全体という対象として顕わにし、認識へともたらす。さて徴表の全体は時間的展開における各々の円環を対自的に認識せしめる点において、それ自身が表現世界に比すべきものであることを対自的に認識せしめるものであると言ってよい。

表現世界は意識から自立独立的に定立せられた意識の表現活動の思い出そのものの絶対的集積の世界である。円環の絶対的完結を志向する自意識（の自意識）はまず（歌枕の地の表現という限定はあるものの）歌という表現世界を介して「関屋」の構造において先行する主体の思い出を（対自的に）徴表として認識するわけなのだが、その場合構造に支えられた形象は思い出としての徴表を現わすものとして意味付けられ措定し直されるのだと言ってよい。措定し直されるからこそ形象は歌の表現世界に基づく思い出を現前に顕わにし得るのである。なお、措定し直す働きはなぞられている絶対知に由来すると考えておく。さてその措定において形象は徴表を留めるもの、即ち表現世界全体の思い出を客体化したものとして意味付けし直されると見做し得る。つまり、意識から自立独立した表現世界全体の思い出の集積が絶対知へのなぞりを介することによって、歌の表現世界を内包する在り方で形象の内部に――形象そのものの意味の変容として――客体化せられるのである。

西行における絶対知へのなぞりにおいて、「関屋」の廃虚へと連立した形象は先行主体の円環――初源の自己意識は円環に対自的に取り込まれることによって、初源の表現という円環として対自的に意味付けられる――全体を謂わば同時的に透明に連結させる表現世界全体の思い出の客体化された対象――乃至はその対象全体を映現させる形象――として現じている。更にその客体的な対象は絶対知へのなぞりにおいて、発生の時点から自己へと漸次瞬間〳〵の継起において展開する（時間の謂わば連続性が非連続化された瞬間として現じ、その瞬間が自己へと目的的に方向付けられ反復的に累積する）ものであることが対自的に認識せられるのである。

ともかく、西行において「関屋」の廃虚へと連立する形象は表現世界を介した思い出の集積として、表現世界全体に比すべきものとして認識せられたのである。

そうした幻境世界――先人の円環を内包しまたそれを対自化する自己像乃至はその逆立像への示唆を含む――の現出を、西行は今まさに円環の完結として投企せんとするのである。なおその投企は西行において幻境世界の一瞬の現出の消失の後になされることがしばしばである。西行はその消失の直後に、幻境世界そのものの思い出が未だありありと心中に留まっている間に（「名残り多くおぼえ」）、眼前の「関屋の柱」という事物、即ち幻境世界において幻境世界全体を背景として感得させるとともに表現世界全体に比すべき思い出の溢れた形象のその眼前の逆立像としての周縁世界の廃虚に向けて、廃虚に向かう逆立した自己像として、見たものを表現としての完結として刻印するのである。

刻印は直接的には消失した幻境世界そのものへの再度の対自化をなすべき存在の境域への激しい衝迫である。対自的に言えば、円環の思い出の集積としての客体に円環の思い出の集積の対自化としての完結を直接試みんとして、客体の転じた眼前の逆立した思い出に、完結を歌の表現をもう一度介することによってそれとして投企するのである。歌の表現を介するのは、幻境世界の消失にともなって、円環の集積が歌の表現のそれであることが再認せられた為であり、その再認において自らの円環をその表現世界への投企としてなさんとした為であると言える。歌において円環の相似形に自ら連なり、自意識の夢想を相似的な類比の共鳴としてなさんとし、なおその共鳴全体を絶対的な円環の中に収斂せしめんとして瞬間において投企するのである。

投企としての刻印は、激しい衝迫として形象の構造そのものへとなされたのだ。逆立した思い出の溢れた眼前の廃虚の構造の側へとなされたのだ。構造（歌枕の地全体の構造を呼び覚ます構造）は形象の連立を支えるものだ。自己の根拠そのものの側にあるものだ。自己の根拠そのものの側にあって常に自己の根拠そのものを開示させ続けるものだ。流れて行き二度と帰らぬ時間を貫いてある常なるものだ。常なる構造が在るからこそ帰らぬ時間が思い出の集積となるのだ。刻印は眼前の事物を透かし形象を透かして、その根拠そのものを開示し続ける常なるものに自らを刻みつけんとすることだ。境域への衝迫として構造に接し、そこに根拠そのものへの絶対知の円環の完結を絶対的に刻みつけるのだ。絶対的行為を絶対知の円環の完結としてなさしめ、自らの絶対知の完結を常なる構造（明確に言えば、存在の境域の常なる構造全体のなかのもう一つの常なる構造（擬似的構造））への繋累として刻印せんとしたのである。

しかし眼前の廃虚は流れて行く。流れて行く廃虚とともに西行の刻印の相も流れて行く。刻印の相とともに刻印した西行の意識内容もまた流れて行く。流れて行く意識内容の中に流れて行く自分が見える。西行はそういう完結の相対への転変を捉え、その相対への転変もまたひとつの或る常なる構造（の中のもう一つの構造）の支える思い出として更に捉え直しなお完結させせんとする。

西行はそういう刻印を更に詞書において対自的に表現するのである。西行において詞書そのものは幻境世界を直接対自的に表わす表現世界ではなく、周縁世界における現実経験の世界が対自化され構築された表現世界としてあるものである。歌（詞書を除く和歌）の表現・表現世界は西行においてその表現世界をさらに対自化し構築した表現・表現世界として認識せられている。歌は刻印という完結をなす自己の更なる対自の対自において表現されたものだ。ともかく、詞書において表現し、その対自化として歌を表現をするのだ。そしてその歌の表現は再び詞書の中に送り返される。このようにして円環の完結の刻印を単に対自表現の内容としてのみではなく、その形式においてもなすのである。[12] 即ち円環の完結を、表現の形式という表現世界における常なるものへの対自化を介して、その表現世界（歌と詞書として西行において対自化される二つの表現世界を連結させた表現世界としてさしあたり分節される）内部の常なるものへの刻印として、完結をなす自己（初源の対自の対自の対自）への対自（歌を再認し事物へ歌として書き付ける）の対自（詞書）の対自（詞書の対自化としての歌——これが最初の自己へと送り返され形式的完結がなる——）として試みているのである。

西行のこういう空前の内省はこの「白河の関」における能因へのなぞりにおいてその本性を初めて開陳させた。これ以降の旅（今回の初度奥州旅行のみならず、他の大旅行を含む旅全体）やひいては周縁世界での隠遁者としての生活は、この西行にとっての第一回目の完結の試みを原形としてなされるものとなる。行動は初源を目指し数々の歌枕の地を訪ねそこに草庵を結び、また周縁世界の到る所に転じ続け先人達（初源の表現者に連結さるべき自意識の表現者達と自ら見做した者達であり、従って客観的には歌の表現者にのみ限定され得ない）の痕跡を手繰り、自己意識の発生を認識せんとするに及ぶ。

草庵が到る所において転々と移り変わるのは、自己意識の発生に伴う対自表現における形象が個々の主体の存立において局限されている為であり、転々とすることによって個々の事物に切り結ばれた形象の総体を全体として対自的になぞろうと欲した為であると見做してよい。総体を全体としてなぞることによって、個々の自己意識の発生の可能的全体、即ち全体の様相（実質的には各々の自己意識の表現者による初源の表現者へのなぞりへの認識を介した、個々の発生の各瞬間的場面の全体として表象せられる）へと顕現する自己意識の発生そのもの、それを通して感得される根拠そのものを絶対的に対自化せんと欲した為である。そのことは歌枕の地の場所全体を周縁世界全体の事物の全体へと押し広げることであり、また幻境世界そのものを絶対的に対自化せんとすることでもあったと言ってよい。そういう行為や認識は個々の局限へのなぞりの一回的な場面の累積を通じてのみなされ得る。発生は個々の思い出においてのみ顕わになるからである。西行は異様な努力の裡に個々の事物に切り結ばれた形象をなぞりつつ発生への認識及び根拠の感得をなし続け、そして更にそういう己れ自身をまさに対自的に表現し続けて行くのである。

さて能因へのなぞりは、西行にとって直接は自意識の相似形への対自的なぞりである（隠遁の徹底化において、絶対知と発生への謂わば即自的なぞりの過程でこの相似形に出合ったと言ってよい）。そのなぞりによって西行は絶対知へのなぞりを対自的に認識し得たとともに、自らの自意識もまた明晰に対自化し得たのだと言ってよい。能因という相似形の発見と発見されたその相似形からの反射によって、西行は自らにおける自意識と絶対知との不可避的関係を対自化し得たのである。そしてなおその関係の対自化そのものが西行にとっての絶対知へのなぞりであることを、まさにこの「白河の関」において対自化し得たのだと言ってよい。

なぞりの対自化は畢竟自意識の自意識（対自）としての内省において深化し続けられるより他はなく、その内省は絶対知の円環の絶対的完結へ向かう円環の完結（個々の完結の瞬間は絶対的完結をみるのだが次の瞬間に完結は相対へと転変する。その意味で個々の完結は相対的・絶対的完結でしかない）を繰り返す道を何処までも歩むより他はないであろう。「白河の関」における能因へのなぞりが原形となるのは、その繰り返しによる深化の究極の姿としての絶対的完結（絶対的・絶対的完結――初源と対自化の展開と表現が絶対的自己同一的に完結する――）がそこで予感された為であると言ってよいだろう。「白河の関」は、そうした予感を喚起させる、その意味で究極の絶対的完結へと向う通路のあり様をも示唆する歌枕の地でもあったと言える。そして予感は、自己意識の発生を留めた形象へのなぞりの累積全体への認識の予感でもあるのである。それはまた常なる構造全体の絶対的な対自化であり、対自化する自意識が絶対的に常なるものとしての存在の境域に絶対的に合致することへの予感でもあるのである。

西行は「白河の関」における能因へのなぞりによって自らの絶対知への関わり及び表現の何たるかをはっきりと対自的に見出したのであり、そのことによって能因は西行の幻境世界の住人となったのである。西行の幻境世界において西行と能因とは各々固有の――初源の表現者を透かした幻境世界や逆立した現実経験の世界の――思い出を眺めながらともに並び立ち、各々の底知れぬ孤絶を抱えながら相似形として共鳴し合うのである。そして共鳴は対自表現の思い出の集積としての歌枕の地の形象を、その内部から鮮やかに照らし出すのである。(13)

註

（1）隠遁者の生活は主に周縁世界でなされる。その領域は、現実経験の世界である点で世俗世界と連続しており、従って隠遁者が世俗世界の人々との関わりを余儀なくされるのは不可避的である。その関わりの中で世俗的実務をなす場合もしばしば起こりうる。西行についてのこうした人間関係や実務に関する研究は多く、大旅行についても（特に二度目の奥州旅行に関するものが多い）そういう見地からの歴史学的研究が多くなされている。

（2）「衣河」は『能因歌枕』（日本歌学大系・第一巻）にはあるが、家集の中にはない。なお、「歌枕」という語は一般には歌に詠まれる名所を指すが、もとは名所に限らず歌語全般にわたる事物・事象（及びそれらを解説した書物）を指していたとされる。能因もその語を歌語全般の意で使用している。論者は一般的用法である地名としての「歌枕」の意に限定してこの語を使用する。また『能因歌枕』は広本と略本があり、名所は広本の方にのみ記載されている。

（3）歌枕の地そのものについての論述は、本来一個の独立した研究としてなされるべきものである。この箇所では幻境世界と絡めて、歌枕の地の内容の輪郭だけを述べる。

（4）歌枕の地の形象は、例えば屏風絵や絵巻物等に描かれている山野・海浜の絵柄を見れば分かる如く、ごく抽象的なものである。そもそも王朝の歌の表現世界の形象は全て抽象的形象に覆われていると言ってよい（心情は多くの場合事物の形象に付託され、物を通して間接的に示唆されるものである）。

（5）第一章・註（11）で前掲した佐藤正英氏の書で、同氏は「歌枕の地」の「情景の核には原初的伝承が潜んでいる」と指摘し、また「歌枕の地」は外部世界たる「原郷世界の顕現の痕跡」であるとしている（同書一九一頁）。論者はここでこの説を参考にした。また、原初の観念が伝承や『万葉集』等を通じて『古今和歌集』以下へともたらされたと考えることにする。

（6）目崎徳衛『漂白』角川選書、昭和五十二年。

（7）西行の初度奥州旅行との関連に限定して、能因がなぞった歌枕の地に関する先行の表現者を以下挙げておく。「白河の関」は『拾遺和歌集』平兼盛、「信夫」は『古今和歌集』源融及び『伊勢物語』の在原業平、「武隈の松」は『後撰和歌集』藤原元善、「なとり河」は『古今和歌集』壬生忠岑等、「衣河」は『拾遺和歌集』読人不知等である。

（8）『後拾遺和歌集』巻第九「羈旅」五一八、岩波文庫。

（9）『拾遺和歌集』巻第六「別」三三九、岩波文庫。

（10）こうして三人の作品を並べると、いかになぞりが構成されているかがよく分かるであろう。なお、平兼盛は『大和物語』（第五十八段）の主人公としても知られる『拾遺和歌集』の代表的歌人の一人である。「白河の関」は歌枕の地としてこの作品が初出である。彼は地方官を幾つか歴任しており、実際にこの地を訪れ、伝承せられていた歌枕の地を歌として表現したものと考えられる。

（11）関所自体は歌枕の地及び幻境世界全体を予感させるものだが、歌枕の地の全体は幻境世界全体と必ずしも一致するものではない。幻境世界全体は宗教観念を含めた観念としての形象の全体を包含するが、歌枕の地はあくまでも幻境世界の形象全体に対するごく一部分の形象（宗教観念と重なる場合もあろうが）によってのみ構成せられているからである。幻境世界全体の対自化の予感は、歌枕の地全体の対自化の予感を部分として内包した予感と考え得るものである。

（12）こうした表現形式は歌日記の表現形式と考え得る。それは、歌枕の地を含めて、歌や日記文学における事物・事象もまた観念において対自的に取り込む自意識の根本的な表現形式と考え得る。この点については題詠表現との関わりも含めて稿を改めて検討する必要がある。

（13）以上述べて来たような歌の表現世界への投企が、同時代の表現者達の風体（乃至は形象美）にのみ拘泥する表現とは、表現の実質において決定的に異なったものとなっているのは謂わば必定である。西行は隠遁当初から伝統的な歌とは異なる歌を詠んでいたのだが、それはその段階で既に絶対的願望において絶対知の完結としての表現を暗々裡に志向（初源性は歌の表現世界を通じて漠然とは予感せられていただろうが）していたからであり、その志向が表現者達の意識をはるかに突き抜けてしまったからであると考えてよい。隠遁当初の歌にはその志向が極めて生硬な形で顕わになっていると考えてよいだろう。また西行の歌が同時代の表現者達の心を強く打ち、生きながら畏敬せられ死後も西行とその表現とが歌聖に比される程に深く憧憬せられ続けたのは、彼らの裡に絶対知への絶対的願望が潜在的に働いていた為と言ってよく、西行とその作品はその潜在的な絶対的願望の充足を実現し（試み）続けた人物及び作品として、彼らの意識の深層において初源の表現者や表現を取り込みながらなお初源に最も近接した人物及び表現という、前人未踏の思い出を喚起するものとなった為であると言ってよいだろう。

第四章　本地垂迹

本章は絶対知の内的様相となる「本地垂迹」の何たるかについて述べる。西行において「本地垂迹」は、〈仏〉による「幻境世界」の〈神〉全体への絶対的取り込みの様、内的な認識対象として〈仏〉が自己へとそれを絶対的に包摂する様を示すものである。西行においては、このことが出来事として現今の瞬間において成就しているものと見做されている。

一　大日如来とアマテラス

次のような歌がある。

神路山月さやかなるちかひにて天の下をばてらすなりけり　（御裳濯河歌合・二）

この歌は伊勢内宮において詠まれたものであり、内宮の南方にある神路山に現れた月を詠んだものである。歌意は「伊勢の神路山の月がその清明な誓いによって世俗世界を照らしているのだ」である。「月」は仏の絶対知を象徴しており、この場合その仏は後述するように「神路山」に関わる仏としての大日如来である。「天の下」を照らすというのは「神路山」に祀られた神であるアマテラスの世俗統治の働きを表わしている。この歌は「月」の大日と「神路山」のアマテラスとの本地垂迹の様が主題的に詠まれているものである。

ところで、西行の本地垂迹について述べる前に、まず西行の神及びアマテラスに関して触れておく必要がある。細かい検討は控え、ごく簡略に述べる。

神は、西行において幻境世界のアノニムな主体として表象されている。(1) 当時の人々にとって神の働きは、人々の様々な願望に応じて現実的利益をもたらすものである。この利益を西行に即して言い換えれば、根源的欲動が存在の境域に合致する為に、合致を阻害する現存在としての心身の有限なる諸条件が現実的に払拭されることである。西行にとっての神の働きはその払拭をもたらす働きである。(2) その働きを更に言い換えれば、根源的欲動を具体的な活動たらしめている根源的欲動そのものに内在する力である。古来の生命力自体の謂いとしての魂《たま》と言ってよい。この魂としての力の活性化が究極的にはその払拭をもたらすのである。魂の成立は意識の根元である「もの」としての存在の境域に淵源する。さて幻境世界は、本来この魂としての神の働きによってその成立が可能となるものである。魂としての神の働きは幻境世界を夢想として描く絶対的願望のもともとの様態としての根源的欲動の内在力であるからである。その神が西行において幻境世界の内部に一つの主体として定置され表象されるのである。主体の内実は絶対的願望の根柢の力で夢想を支えるものであり、幻境世界の諸形象の謂わば原基の如きものである。ところで西行における神は、自意識の根柢に内在し働く魂であるが、自意識の当事者を踏まえれば、その魂は西行自身のみならず現今及びかつての表現者達の魂であり、潜在的には現今及びかつての一切の人々の魂でもある。神は幻境世界を支えて来ている数多くの人々の魂の集積である。形象的には、各々の絶対的願望によって描かれた、現今の、或いはかつての各々の当事者としての現実経験の世界における自己像の逆立の集積の全体である。その集積の全体の有り様が、幻境世界の原基をなすアノニムな神という主体として西行に表象されているのである。

アマテラスは、西行において幻境世界における原基としての神の更なる基層に存する神である。西行の時代において、アマテラスは原初において外部としての天上から「岩戸」を開き、それとともに天孫達を地上に送り込み、彼らをして地上を整序及び統治せしめ、天上を象徴する自らをそれとして祀らしめた神だと考えられている。[3] 言い換えれば、アマテラスは原初において外部から天孫達を介することによって世俗世界を定立し、また外部を幻境世界として定立した神である。西行においてこの神は、幻境世界におけるアノニムな主体としての他の神同様の性格を持ちながら、最も色濃く外部そのものとしての存在の境域の性質を背負ったもの、つまり存在の境域が投射する幻境世界の、その境域と幻境世界の原基との間の謂わば両者の存在性格の関連が最も強い主体である。[4] アマテラスの主体を形成する魂の当事者は、原初の天孫達以来、現今迄続く皇統の担い手としての宮廷の系列の人達である。アマテラスは彼らの魂の集積によって形成された主体であり、原初以来現今に到る迄主体の内実として定立の働きを及ぼし続けている。アマテラスは幻境世界において原初から現今迄を映し出す基層に存し、幻境世界と世俗世界とを、宮廷の系列の人々を介して刻々と原初の再現として定立せしめている神なのである。

さて冒頭の処に戻れば、大日もアマテラスも各々そもそも仏と神の究極とされる観念である。大日は西行が深く関わった高野山真言の密教における諸仏の根本とされる仏である。謂わば絶対知の観念の中の代表的観念である。アマテラスは幻境世界の原基の基層の主体たる神であり、その点で神の代表と見做してよい。西行はそうした仏と神の究極を表わす観念の結合に接し、それぞれの観念によって代表される仏と神との結合そのものという事態に逢着しているのである。究極を表わす観念の結合が、絶対知の観念のあるべき有り様をその結合の様相として浮き彫りにし、絶対知へのなぞりがその絶対知の観念の様相への対自的なぞりとして遂行され、絶対知のあるべき内容としての幻境世界を捉え、そしてその幻境世界をそれとして表現しているのである。

二　現今の本地垂迹と原初の「岩戸」開き

さて本章冒頭の歌は、第二章の第二節で引用した「岩戸」の歌と極めて密接な関わりのある歌である。

西行はその最晩年において二つの自歌合つまり『御裳濯河自歌合』と『宮河自歌合』とを編輯した。「岩戸」の歌とこの歌とはこの『御裳濯河歌合』の「一」の「左」と「右」とを構成しているのである。即ちこの歌は明らかに「岩戸」の歌との対比を念頭において詠まれ（或いは配され）ていると考えてよく、従ってその対比を踏まえて理解すれば、この歌の真意がより明らかになるものと思われる。(5)

さて、「岩戸」歌が原初を詠んでいるのに対して、この歌は現今の有り様を詠んでいる。「岩戸」歌の原初は、既存の方へ遡って存していたわけであるが、この「神路山」の歌は現今であり、現今における絶対知（及びそこに収斂するアマテラスの働き）の有り様が表現せられている。

また「岩戸」歌が初源の発生を捉えた表現であり、絶対知へのなぞりが初源の表現者に対する遡求的なぞりとして営まれ、自己の存在の実存的な根拠解明が既存の極限への追求としてなされていたのに対して、この「神路山」の歌はその対比表現として、己れの目指すべき目的を含意させて表わし、絶対知へのなぞりは絶対知の観念（初源の表現者の具体物の制作による表現の対極としての抽象的観念）への対自的なぞりに一挙に切り結ばれているのであり、根拠が現今において直接的に明るみにもたらされることが示唆されている、とそのように対比的に提示せられているのである。

現今は現今たることにおいて本来的に自己の根拠が絶対的に解明される一回的場面である。その意味で言えば現今に切り結ばれる「神路山」歌には、そういう絶対的解明の一回的場面への意志が対自的に前提されており、しかもその絶対的解明の内容は「岩戸」歌に含意された解明の内容が対自化された上で包含されている、といってもよいかも知れない。つまり一言で言えば、「神路山」歌は「岩戸」歌における発生を捉える自意識の絶対知へのなぞりが観念（仏）において対自的に取り込まれており、その取り込みを可能としている観念自体に対する対自的なぞりが現今の一回的場面への意志の対自化を前提として介することによって表わされている、ということである。根拠の対自（初源の表現者を介した絶対知へのなぞり）の対自（観念—仏）の対自（仏の観念へのなぞり——これがまた絶対知へのなぞり）による絶対的解明の現今の一回的場面に関わる表現である。

さて対比にもう少しこだわれば、「神路山」歌を「岩戸」歌の「右」に置いたのは、つまり「左」の「岩戸」歌を自歌合の「一」の第一とすれば第二番目に置いたのは、絶対知へのなぞりにとって初源の自己意識へのなぞりが先行的だったのであり、初源へのなぞりを介して顕わになる根拠そのものの対自化はその先行を受けてなすものだったことを示唆している。

西行は絶対知へのなぞりにおいて根拠そのものの絶対的対自化を極限として目指すのが本来的だが、その追求の努力の中で、当事者（初源のみならぬ人間——対自化された自分も含む——乃至は人間の表現を介した徴表）へのなぞりを介することが根本であり、そのなぞりを介さずしては根拠の絶対的対自化はありえぬと思念していたものと言える。「左」「右」の配列はそのことを示唆していると言ってよい（逆に言えば「神路山」歌には暗々裡に「岩戸」歌が随伴されていると言え、また当事者が言明されぬ他の諸作品においても当事者へのなぞりが前提として隠されていると言ってもよいだろう）。

さて大日の性格について簡略に触れておく。大日は密教教理においては法（本体）・応（現世）・報（来世）の諸仏及び諸菩薩の根本にあってそれらを超越した仏とされ、しかもそれら諸仏菩薩を自らの限定態として展開する者とされる。即ち、その主体は諸仏菩薩という謂わばペルソナの限定を受けない存在であり、しかも諸仏菩薩として限定的に現ずる存在である。従って大日の絶対知は、諸仏の仏としての絶対知、即ち法・応・報としての限定的様態として展開する仏としてのペルソナにおける、その意味でのペルソナによって制約を被る絶対知とは異なり、その制約的な限定をも可能的に内包しながら限定を超越した絶対知そのものとされるものである。大日は絶対知そのものの主体として仏を代表する仏、謂わば諸仏のペルソナを絶対的に内包した謂わば純粋形態としての仏そのものの観念なのである。

三　本地垂迹という意匠

ところで、本地垂迹を意匠と言ってしまえばそれまでである。西行を論ずるほとんどの研究家が、これは奈良朝以来受け継がれて来た神仏習合の観念、ないしは平安前期あたりから発展する本地垂迹の観念という当時の一般的な時代意匠だから、西行はその時代意匠に基づいて表現しているのである、とする。また大日とアマテラスの本地垂迹は当時としては珍しいとされるのだが、それは覚鑁（一〇九五－一一四三）等のマイナーだった意匠に依拠しているからだ、とする。しかし、意匠のなにがしかの制約はあらゆる表現の宿命だとしても、意匠が西行を語っているのではない。西行が意匠を語っているのだ。大事な点は、意匠は西行の歌による思想表現のあくまでも様式なのであって、意匠が描く観念の様式の中に西行の思想があるのではないということだ。自意識の絶望の果てに歌による思想表現が生まれ出るという内省の直截の動きに思いを致さずして、その表現を意匠に解体してみたところで、西行という人間や思想を捉えたということには決してならない。

さて覚鑁等の意匠に関して、目崎徳衛氏によれば、大日とアマテラスという両者の本地垂迹は歴史的にはまだ「萌芽状態」だったのであり、その観念を西行がまず最初に主題的に取り上げたのであり、西行のその行為は後々の大流行の先駆けとも言うべき最も早いものだ、と指摘している(6)。

このことからしても、西行が当時の本地垂迹に関する一般的な時代意匠に染まりながらもその制約を軽々と抜け出し、時代意匠の内なる神仏の個々の観念を、そういう「萌芽状態」の本地垂迹観念を通過させつつという限定付きではあるが、自在に組み合わせ操っていることが分かるだろう。一般的な時代意匠に挨拶はするが、決してその意匠の様式的枠組みに縛られてはいないのだ。

更に言えば、覚鑁等の本地垂迹観念にしてみても、西行の自意識において、他の当時の一般的な本地垂迹観念、例えば「阿弥陀仏」と「八幡大菩薩」の関係等を差し置いて時代に先駆けて、或いは同時代人に向けて特権的に語らねばならなかったその観念からの影響や表現への企図の必然性は何処にもないのであり、西行の他の本地垂迹の示唆表現から際立つそのような必然性もまたないのである。

なおここでひとこと言えば、目崎氏の「萌芽状態」という指摘は充分参考にしなければならないが、しかし氏も含めた多くの歴史研究家達のそういう言い方は、現代から見た限りでの、出来事の後々の発展の結果から逆算的に類推した言い方でしかない。歴史の発展という現代の特殊なる時代意匠に基づく歴史認識の合目的的尺度への依拠から見た言い方でしかない。また、両部神道や更にその影響の下に展開する伊勢神道の原点と言ってみたところで同様だ。生きた生活としての現実経験の中では、それはまだ海のものとも山のものともつかぬ滅びやすい観念や思いや呟きに他ならぬ。西行が「萌芽状態」の観念を通過させたということは、そういう時代意匠ではない観念(しかし何らかの意匠の影響は免れぬが）に光を当てたということだ。そこにすでに西行の自在さは働いているのであり、西行の自意識における見んとする意志が様々な神仏の観念、或いはその結合的関係という抽象としての本地垂迹の観念を自らの関心に従って縦横になぞり、その場で最も意志に照応する神仏の本地垂迹観念に逢着したのであって、その逢着した観念へのなぞりを介した神仏の意識経験を語ろうとして、西行の表現せんとする意志が経験を導いた当初の逢着した観念を淀みなく取り込んだに過ぎない。なぞりと取り込みは、実存の根拠たるべきものに適きてなお適く一と筋の道を成しているのであり、そこにおいてことさらその観念に反発する必要が無かっただけだ。謂わば殆ど即興で実存的な自意識が接した観念や根拠についての意識経験を歌っているのであり、しかも即興は既存の観念そのものを破壊したり奇を衒ったような結合を弄んだりしてはいないのであって、たまたま接した観念が抽象度が高いか否か、一般的か否か、新しいか古いかに偶然分かたれるにしか過ぎず、何れを採るかは西行本来の問題ではないのである。それは西行の歌が古来の歌言葉の粋も使用し、またそれから食み出した口語や俗語も平気で駆使している点と同様である。そうした様々な言葉の更なる自在な連結や観念に基づく言葉の展開は、見んとする意志に基づく自意識の固有な経験の動きが文《あや》として表われたものなのである。そうした西行の内発的な自在さと信念に対して、対他的な新意匠の宗教的立場や時代の先駆け云々を発見したと言ってみたところで、西行の思想の実際とは何の関係もないのである。

それはさておき、西行の中で大日とアマテラスとして語られる仏と神そのものがどう本地垂迹的に結合するのか。また神仏そのものの本地垂迹という事態はそもそも西行にとって何なのか。以下そのことについて見て行くことにする。

四　仏と神との交渉

伊勢にまかりたりけるに大神宮にまいりてよみける

榊葉に心をかけむゆふしでて思へば神も仏なりけり　（山家集・雑・一二二三）

西行の本地垂迹について述べる場合、諸研究家によって必ず引き合いに出される歌である。詞書は「伊勢に参った折りに大神宮に参詣して詠んだ」であり、歌意は「榊葉に木綿四手を掛けて心から祈願しよう、思えばアマテラスも大日なのだな」である（この「大神宮」に関わる仏が大日であるのは、次掲歌の詞書からあきらかである）。ここで要点となるのは、本地垂迹の観念や「伊勢」の「大神宮」における何かの経験において、西行が具体的に何を「思」ったかであり、この「思ひ」の中身に注目する必要がある。

高野の山を住みうかれて、伊勢の国二見の山寺に侍りけるに、大神宮の御山をば神路山と申す。大日の御垂迹を思ひてよみ侍りける

深く入りて神路のおくをたづぬればまた上もなき峯の松風　（西行上人集・六二五）

この詞書にも「思ひて」とある。

詞書は「高野山に安んじて居られなくなった後、伊勢の二見の山寺に住まわせて頂いた折りのこと、神路山と申し上げる大神宮の御山のことで、大日の御垂迹を思って詠んだのであります」であり、歌意は「深く分け入って神路山の奥を訪ねたところ、この上もなく尊い風が峯の松から吹いて来た」である。

西行はここで仏と神そのものの結合する事態に立ち到っている。それが「神路山」の「おく」でこの上もなく尊く感じられる或る何か、「峯の松風」において現出する何かに出合った経験を踏まえて語られている。その場所において「また上もなき」或る種の極限的な事態が幻境世界において顕わになったのである。その幻境世界の現出が本地垂迹への「思ひ」を介して成立し表現されているのである。

大日とアマテラスの本地垂迹観念は、現出さるべき仏と神そのものの交渉を顕わにする。言い換えれば、その観念は仏と神の交渉の謂わば純粋形を現出させるのである。その現出は大日とアマテラスという各々の神仏の観念が神仏そのものの純粋な様を内容として言及しているからに他ならない。大日とアマテラスの観念はそうした純粋な内容を孕んで西行をその各々の有り様全体の現出に導き、なお両者の結合としての本地垂迹という在り方は、その各々の有り様を一つの連結した現出に到らせているのである。

さて、以上の二つの作品において語られる幻境世界現出の事態の要点となるべきところは、西行の関心の対象として先行的に存しているのは仏ではなく神であるという点である。歌と詞書の違いはあるが、前歌では「大神宮」で「榊葉に心をかけ」た時点ではまず神そのものへ関与しており、神の現出が先行的にあって「思ひ」が生じ、その後本地垂迹の思念が浮かび上がり、引き続き何らかの現出が生じ、更にそれについての「思ひ」がそれを巡って成立し、そこにおいて神「も」(7)、実は仏そのものなのだと述べるのである。後歌でも「大神宮の御山」を「神路山」

と言うとした時点で、関与はまず先に神そのものに向かっており、それを踏まえて「御垂迹」が思念せられ、その思念によって捉えられた「神路山」に、今度は「深く入」ったところでなされた本地垂迹の現出が表現されているのである。

さて「御垂迹」は、当時の本地垂迹思潮においては、神は仏の限定態であって、その逆ではないとされる、所謂仏本神迹を観念の前提としている。そうすると西行の「思ひ」は、あくまでもその動きの形式だけを辿れば、場所の触発（そこに思い出として宿る当事者 —— 初源の表現者と見做してよい —— へのなぞりという前提を踏まえて）を介して神を認識し、認識したものを幻境世界の対象として捉え直した後、本地垂迹観念を介して、神に対置するものとしての仏を捉え、それを又幻境世界の対象として捉え直し、更にそれ自身が神へと限定さるべき主体としての仏、つまり神になるべき仏であるという風にもう一度本地垂迹観念を介して認識し、更にその仏を起点にして再度その限定態としての神という対象へと、仏自らが自らを限定して来る処を捉えつつ還ってくる様に動いていることになる。

神仏の個々の観念を介して現出を捉え、それを幻境世界の対象全体として捉え直すとき、対象全体は神仏のその固有の観念によって純粋な有り様を現すのであり、相互の関係としての本地垂迹観念はその純粋な有り様を連結させるいわば紐帯としての役割を担っているわけである。そしてその紐帯は、内容上神を仏へともたらす働きを持っており、本地垂迹観念はその意味で仏の観念をその様相において構成する観念となっているのである。

「榊葉に心をかけ」、「神路山」を思うという周縁世界の特有の経験の中で、「思ひ」の動きは神仏の観念を紐帯に沿って行き交い、幻境世界の現出の中で複雑に往還を繰り返し仏へと収斂しているのである。

なお、そういう実存に根差す複雑な思念の動きを、「思へば神も仏」、「大日如来の御垂迹」といった一言によって、全く何事もなかったかのように軽々と詠み出すところに、西行の異様とも言える卓絶した手腕が働いているのである。その手腕の裡には、神と仏に関する幾多の内的経験と、観念に逢着する自在さ、或いはなぞりと取り込みとして貫かれて来た道とも言うべきものが、あたかも一つの伝統の如く一丸となり、事に接し瞬時に溢れ出るべき或る種の心的な力として蔵されているのである。そうであるからこそ、現今に現ずる複雑な動きを一跨ぎに捉え、しかもそれを周知のことのように一息で簡潔に表現しうるのである。

五　仏の絶対知の観念の内実の様相としての本地垂迹

さて、以上の事態における神仏の先行と後発との関わりは、西行の自意識における神への認識への意志がまず存しており、その意志による絶対知へのなぞり自身が、なぞりの過程において、少なくともなぞりを経た上で対自化せられ、なおなぞるべき仏の観念が対自的に捉えられたということを示している。その仏の観念の対自化において本地垂迹の観念が一旦媒介され、絶対知の内的様相として顕わになっているのである。

この場合の仏の内的様相を言えば、神は仏の可能的な様態の現実的現れであり、逆に言えば、仏は自らをその現実へと転じせしめる可能的様態の一つとして神を内面に内包しているということである。

ところで、こうした本地垂迹観念という紐帯を、絶対知の内的様相として媒介するということが起こるのは、西行において、魂という己れの欲動の根源的内在力、或いはその転化としての神をその総量のまま絶対知へと内在化させせようと欲する意図があるからである。その意図の暗々裡の前提が紐帯を絶対知の内的様相としてその観念内容へと措定せしめているのである。その意図は、自己の根拠乃至はそこからの働きとそれが描き出すものとを、瞬時の内に全的且つ一挙に自ら目指す目的の中へともたらさんとする意図でもある。なお、神を仏への内在としてもたらさんとするこの意図は、本来自己を解明せんとする意志に淵源し、当初の自意識の端緒に生まれ、自意識を貫き、そして自意識そのものを対自化する意識の中で極限化して来るものだと言ってよい。「榊葉に心をかけ」た祈願は、この意図の極限化の過程で、意志及び自意識の根柢の内在力によって、その内在力そのものの乃至は根拠そのものを絶対知の中へともたらさんとしてなされたものであると言ってもよい。こうした意図の極限化の動きが自意識への意識に腹蔵されており、それが絶対知の観念内容への本地垂迹の措定をもたらせているのである。

さて、神への認識への意志の先行は、西行において、自己の根拠解明への意志としての必然においてある。根拠解明への意志として、解明さるるべき根拠へと本来的第一義的に関与せんとするからこそ神への認識が先行的に志向されるのである。その先行を受けて後発が起こるのだが、後発は先行に契機として内在するものでもある。神への認識への意志は、神に対する絶対的対自化への意図を孕んだ意志であるからであり、意図において既に仏が志向されているからである。意図は、仏の内的様相とは根拠の絶対的対自化として神の絶対的対自化たるべきものだ、という予測を有するものである。この内在する意図が自意識への対自化において現実化するのである。現実化の経緯において、自意識への対自化はなぞりやなぞられる仏の観念の対自化をもたらせ、それらの対自化を介して意図は極限化されるのである。その極限において、神仏の関係を表わす本地垂迹観念が仏の内的様相として対自的に媒介され、それが仏のあるべき内的様相へと具体的に措定され、措定された様相を介する根拠解明が遂行されるのである。

こうした自意識への対自化と意図の極限化を孕んだ意志によって、本地垂迹を内的様相とする仏の観念への対自的なぞりを介した絶対的行為がなされるである。

なお、前節で述べた「思ひ」における幻境世界の現出においては、現出を見る意識は一旦自意識への対自化を経た意識と言ってよく、その意識が仏の内部に神としての自己の根拠乃至はそこからの働きの質量と動きの総体が包摂されているのを垣間見るのである。即ち仏において原基及び基層の絶対的対自化がなされており、なおそこに原基及び基層をもたらす根源的欲動における内在力、更に存在の境域そのものが包摂せられていることを垣間見るのである（こうした意識は仏の観念をなぞった意識であり、従ってその垣間見た光景は、仏そのものの中に自己自身が神を包摂しつつ具体的に現実化しているのを垣間見るという極限的な話になる）。

絶対的行為に際してなされる自意識への対自化と神仏の観念の対自的取り込みは、絶対的解明・安定を求める意志の内に準備され、時として閃光のように西行を襲ったはずである。その閃光を本地垂迹観念に即して言い直せば以上のようになるのである。

そうした閃光を受けて絶対的行為がなされ観念を介した現出が訪れたのである。だがその光景は過ぎ去り、思い出と化す。思い出をそれとして反芻するのは内省意識である。内省意識は自意識への対自化の思い出を反芻するのである。その時、投企がなされ絶対的完結が試みられるのだ。しかし完結は相対へと転変する。

相対への転変とともに深い詠嘆が生じる。西行はその詠嘆をもなお表現する。「神も仏なりけり」と。そしてそういう表現に到る現存在たる己れをも表現する。「思ひて詠みける」と。

さりげない、しかし何という強靭な意志による表現世界への投企なのだろう。何という誠実な努力なのだろう。この絶対的・絶対完結の宿命的挫折をなお完結へともたらす力はいったい何処から来るのだろうか。絶対知そのものが存在の境域の側へと溶け込み根源的欲動として西行をつき動かしつつ、対自表現へと西行をどこまでも誘うからであろうか。

六　現今における仏の絶対知による神の包摂

さて、冒頭に戻れば、本地垂迹が大日とアマテラスのそれとして象徴的に語られていたわけであり、特にアマテラスの世俗統治が詠み込まれていたものである。

歌を再掲しよう。


神路山月さやかなるちかひありて天の下をばてらすなりけり

アマテラスの世俗統治は、天孫達に端を発した宮廷の人々による世俗統治として実現する働きとしてあり、その内容はそれらの人々による世俗世界・幻境世界の定立の受け継ぎによる継続において具体化しているものである。

そうしたアマテラスは本地垂迹観念によって仏の絶対知に神そのものとして包摂され、仏は神として限定的に自己を展開する。認識の点は暫く措けば、その展開がここで仏による世俗統治、即ち「月」の直接の「てら」しとして語られているのだ。このことは神そのものを収斂した仏において、その神への自己限定において世俗世界の定立が直接的に図られ、それに即応して幻境世界の定立もまた実現している、ということを意味している。その様は、仏による神への自己限定を介した世俗世界と幻境世界の定立の光景であり、歌はそういう神仏の内実を幻境世界の光景として描いているのである(8)。

その光景はそれ自身が西行の内省を介して見る幻境世界全体の現出の光景である。「天の下」は直接は世俗世界ではない。世俗世界の全体が幻境世界の中に逆立的に浮かび上がり、神を取り込んだ絶対知の働きがその世俗世界の逆立像を摂取し、なお幻境世界全体を摂取し認識し尽くしている光景である。だから仏の世俗世界・幻境世界の定立は、神による世俗世界・幻境世界の定立への仏の絶対知による認識を示すのである。

世俗世界の逆立像の中には原初の天孫達（初源の自意識の表現者の思い出としてある）から現今に到る宮廷の人々、そして世俗世界の初源から現今に到る一切の人々の逆立像が佇んでいる。世俗世界は人々の逆立像の中に各々無数の焦点を結んで映し出され、彼らの願望の中に幻境世界の無数の形象が映し出されている。

彼らは西行が絶対知の観念の対自化とそのなぞりによって描き出した、絶対知の対象としての人々の逆立像である。

人々の各々の魂は幻境世界の原基に収束し全体が神そのものとなって働いている。分節化して言えば、アマテラスとして分節化さるべき神と人々の魂の集積たる神としての原基全体が絶対知そのものに対自的に収斂されている。絶対知はそのように分節化さるべきアマテラス及び神をまさに全体的な神そのものたる原基として一様に収斂し、且つ人々の逆立像全体を一様に捉え摂取し尽くしているのである。

人々の諸像の中に西行自身の逆立像がひっそりと佇んでいる。絶対知はその逆立した自己像を魂の転化としての神の逆立として捉えながら人々の諸像全体を捉えている。

絶対知は魂及び神そのもの乃至は神そのものの定立する幻境世界の全体とその世界の「天のした」に林立する逆立した自己像の一切を捉えている。逆立した自己像の一切は各々魂の活動を西行の自己の根拠からの働きとして顕わにしながら、相互に相似的に相対しているであろう。そしてそれらを透かして存在の境域がそれそのものへと絶対的に隠れながら絶対的に明るみにもたらされているのである（絶対的に対自化されることによって、存在の境域はそれ自体の相を全て現前させつつ、それ自体において現前から非・現前へと絶対的に隠れるのである）。

こうした絶対知の展開としての幻境世界は、絶対知の自己展開における絶対知そのものの内的目的である。西行は絶対知の観念の対自化において接した本地垂迹観念によって、その内的目的としての根拠そのものを明るみにもたらせている幻境世界の光景を一瞬垣間見たのである。

現今の一回的場面は絶対的・絶対完結がなされるべき一回的場面であり、この場面を措いて他の場面はないのである（他の場面はいずれもその場面が立ち起った時点での一回的な〈この〉場面である。一回的な場面の一回性は〈この〉場面を開示し他の場面の一回性を隠蔽しながら継起しているだろう。その隠蔽を離れて、〈この〉場面にのみ絶対的・

絶対完結は成る)。絶対知の内的目的は根拠そのものを明るみにもたらす絶対的対自化としての絶対的・絶対完結を、現今のこの一点でのみ達成し成就しているであろう。絶対的・絶対完結への意志は、絶対知の内的目的としての現今の一回的場面における絶対的行為を介した時点において発露される以外はなく、その一回的場面において西行は絶対知の展開としての幻境世界を垣間見たのである。

こうした絶対知の内的目的としての幻境世界の夢想が一瞬の現出を離れ消失する時、西行は内宮の空に輝く月を眺めている。心中には対自化された自意識を介した幻境世界の思い出とともに現実の周縁世界としての神路山と世俗世界の思い出とが広がっている。その周縁世界の場面には逆立の己れとそれを対自的に見る現実の己れとが居合わせており、世俗世界の場面には周縁世界の場面の反転像を見る反転した現実の己れがいるだろう。そして心中にはそれらの思い出全体を眺めている内省があり、更にその内省を対自化する自己がいるのである。西行は現存在としての内省する自己像を捉え、眼差しを反転させてもう一度現実の月を眺める。その月には心中の思い出の一切とそれを見る現存在としての内省する自己像とが各々逆立した姿で重なっているだろう。そして西行はそうした重なりを含意した現実の月を眺める現実の内宮に立つ現存在としての自己像、つまり月を現実経験として眺める自己像を逆立的に表現世界へと投企するのである。

註

（1）西行において特定の神の名は殆ど表わされてはいない。神名は、神を祀る特定の場所の地名などの表現から間接的に知られるものである。西行にとっての神は、幻境世界の現出がそうであるように、周縁世界の場所を介して経験される。そういう経験に基づいて神は表現されるのであり、名前が語られないのは、名前が語られぬようなものを捉えたということである。神を祀る場所で神を捉えたのであり、その神は名前を持たなかったのである。或いはこうも言えよう。その場所でそこに所縁の神話上の諸観念やそれを伴う名前を持つ神を認識したわけだが、神はそうした名前によって直接限定化されないものであったと。無論西行には神の名前やその神を巡る神話上の諸観念が存知されていたわけであろうが、名前や諸観念へのなぞりと場所の触発によって捉えたものは少くとも名前による限定を擦り抜けたものであったのだと。つまりそれはアノニムなものであったのである。西行はそういうアノニムなものをその場その場で捉えたのであり、それに場所に所縁の諸観念が与えらることによって、その神は幻境世界において諸観念を伴ったアノニムな神として認識されるのである。その神が、直接の経験を離れたところで、本来の名前が付与せられ限定化せられたとするならば、固有の名前を持つ神として分節化せられることになるのである。

（2）西行が神に祈願している歌で次のようなものがある。

菅の根の長くものをば思はじと手向けし神に祈りしものを　（山家集・雑・一二九四）

この歌は『山家集』「雑」の「恋百十首」の中にあるものである。歌意は「恋の物思いを長くはせずに、つまり恋の速やかな成就を神に供物を捧げて祈ったのにかなわず、私は已然物思いしつづけている」である。

この歌で見る限り、西行の願望は恋の成就である。西行にとっての恋の成就は世俗的な出来事ではない。思う特定の相手（或る人間ないしはその思い出の詰まった事物・事象）を介して現出する幻境世界の中に十全に自己を投げ入れ、根源的欲動に基づく絶対願望が絶対的に充足することである。恋とは特定の相手を介して夢想される幻境世界への意志としての恋である。すなわち恋は西行の自意識をもたらす根源的欲動そのものの顕在としての意志を対自的に表わしたものであり、その成就への願望は意志の目的達成であり、即自的非顕在的に言えば根源的欲動の存在の境域との絶対的合致への衝動なのである。

そこで神とはそうした絶対的合致を希求する西行にとって、合致の成就を促す為に現実的利益を与えるものだということになる。幻境世界は夢想であるから、現実的利益とは実存の根柢たる根源的欲動に直接関わるものだと言える。その場合の現実的利益とは、根源的欲動が存在の境域に絶対的に合致する為にその活性化を十全に促すものと言える。逆に言えば、活性化を阻害する心身の有限なる諸条件が現実的に完全に払拭されるということだと言い直すことが出来るのであり、従って神はその活性化をもたらすべきものだということになる。言い換えれば、神は根源的欲動の十全な充足へ向かう活性化の理想態を実現すべく西行の心身に現実的に働きかけてくるべきもの、ということになるのである。

さてその活性化を十全に促すべき根底は何処に有るかといえば、境域へ向かって逆ってゆく根源的欲動そのものの中にあると言う他はない。その根源的欲動が十全に活動すれば心身の有限なる諸条件は完全に克服されるはずだ。そうすると、根源的欲動の活動に作用し、現存在としての心身においてそれを阻害している有限なる諸条件を内側から払拭すべくその活動に働きかけるものが神だということになる。

(3)　記紀神話によれば、「岩戸」開きと「天孫降臨」とは出来事の時空が異なっている。しかし、西行と同時代の資料『東大寺衆徒参詣伊勢大神宮記』に次のような記載がある。

天屋岩戸《ママ》高開。絶清輝之神徳御之刻。一天忽晴。昼夜之明昧爰分。四海悉降　帝位之図籍。始成国之為国由何君之為君誰力皆答。大神之霊眷。（『東大寺叢書』大日本仏教全書・第一二二巻、仏書刊行会、一四頁。）

内容は、「岩戸」がアマテラスによって開かれたその「御之刻」に、「昼夜」は分かたれたのであり、またその「大神之霊眷（めぐみ）」によって「四海（天下）」は「悉」く「帝位之図籍（土地の図面と人民や金銭・穀物のこと等を記した帳簿）」を「降（貴）」び、「国」の「国」たる、「君」の「君」たる由縁が「始」まり「成」ったとされるものである（括弧内は論者）。つまり、アマテラスの「岩戸」開きは、皇統における「君」及び地上の「国」の初発としての「天孫降臨」と出来事の時空が同じである、と見做されている。

また記紀神話によれば、降臨に際してアマテラスは「天孫」達に指令を発している。指令は「鏡」を私の魂と思って祀れ、「天孫」の眷属のオモヒカネをその場合の祭司とし且つまた地上の政にあたらせよ、というものであったとされる。

（4）アマテラスが他のアノニムな神と異なって幻境世界の外部に属するという表現は西行にはない。しかしアマテラスは「岩戸」を外部から開き天孫達を現実の世界に送り込んだのだから、本来外部そのものに存していたであろうものとして存在の境域を示唆するものでもある。つまりアマテラスは、西行において、幻境世界におけるアノニムな主体として他の神同様に存しながら、しかし最も色濃く（謂わば存在の近しさとして）開示した存在の境域の、もしくは開示を予感させる存在の境域の影を背負ったものとして存しているということになる。言い換えれば、存在の境域を裏面にした幻境世界の、その境域と幻境世界の原基との間の謂わば存在性格の関連が最も強い主体として、謂わば原基の基層として存している、ということになる。

（5）西行の二つの自歌合は、その表現形式の点において史上初のものである。西行の形式は自分の歌を作歌年代不同に合わせたものである。この点について萩谷朴氏は『平安朝歌合大成』（私家版、昭和四十年）第八巻において、自分の歌を歌合にした先例は、最古のものは『躬恒問答歌合』があり、幾人かの歌を年代不同にして合わせた撰歌合は『寛平御時后宮歌合』が最古であるが、その両者を合体させた自歌合の形式は西行のそれが始めてであるとしている。

西行の二つの歌合は各々「左」「右」三十六番づつの構成となっており、歌の数は両方合わせて百四十四首である。西行はこの二つの自歌合を、『御裳濯河歌合』は藤原俊成に、『宮河歌合』は俊成の息子の定家にそれぞれの判詞を依頼しており、その判詞を付した上で前者を伊勢の内宮に、後者を外宮に奉納せんとしている。

作品はそれぞれ「左」「右」に違った筆名を付け（『御裳濯河歌合』は「左」が「山家客人」、「右」が「野径亭主」であり、『宮河歌合』は「左」が「玉津島海人」、「右」が「三輪山老翁」である）、両者の内容が或る時は共鳴し或る時は反発し合う如く組み合わされ、その組み合わせを一束として三十六番が四季・恋・述懐等のブロックに振り分けられている（このブロック構成も『御裳濯河』と『宮河』とで異なり、両歌合全体がまた共鳴や反発をなす如く構成されている）。

この自歌合はその表現形式の点において、西行の到り着いた究極の自己表現だと言ってよい。西行は一旦完結させた表現（だから自分の名前とは異なる謂わば筆名として他在の名前——この名前自体にも神仏を巡る深い含意が透けて見える——を使用すると考えうる）を対自化し、その対自化を経た作品を一束毎に更に対自化し、更にその対自化を三十六回繰り返して一つの歌合を作り上げ、更にその全体を対自化して二つの自歌合を作っているのである。このことは仏の絶対知の完結を歌の表現形式において絶対的に実現せんとする究極の試み、歌の表現形式の形成においてなした究極の自己表現と考えてよいだろう。

この自歌合の何たるかに関しては、判詞依頼の点や伊勢奉納の点等も含めて極めて興味深いものがあり、今後の研究課題としたい。

（6）目崎徳衛『西行の思想史的研究』吉川弘文館、昭和五十三年、三八二―八頁。

（7）「も」は係助詞で、類例を暗示する。

（8）「ちかい」は菩薩の衆生救済の誓願を表わし、仏（大日）の自己限定態としての菩薩とアマテラスとを重ねている表現である。このことを簡略に述べれば、菩薩の救済は次章で述べるように衆生を絶対知に導くことであり、内容上衆生の個々の絶対的・絶対完結への媒介である。そうした完結をなすには幻境世界全体の絶対的な現出が個々に起こらねばならず、世俗世界・幻境世界を定立する働きが媒介をなす必要がある。アマテラスの働きはその意味で菩薩の誓願と重ねられているのである。

第五章　菩薩

本章と次章は、絶対知へのなぞりの高まりとしてなされる営みとして、絶対知にごく相似した認識へのなぞりを述べる。ここでは、西行の〈菩薩〉について、その何たるかを踏まえつつそれへのなぞりについて述べる。〈菩薩〉は〈仏〉の絶対知に相似した認識の主体であり、〈仏〉の絶対知と現実の人々の認識とを繋ぐ者である。西行において、〈菩薩〉は具体的な隠遁の先達者として、また観念のままそれとして表わされる。西行は先達者へのなぞりを介して観念としての〈菩薩〉の認識をなぞり、人々の認識を取り込みつつ〈仏〉の絶対知に漸近して行く。

一　菩薩観念の一般的内容

西行の菩薩の何たるかについて、暫く見て行くことにする。

菩薩の観念内容について仏教の一般的なところを簡単に言えば、その慈悲心に基づく利他行によって一切の衆生に利益をもたらし続ける者ということである。その主体は、利他的な働きの統一性が人格化されたものと考えておく。

菩薩の慈悲利他行の究極は衆生をして苦を解脱せしめ仏たらしめることである。仏の絶対知に到るという絶対的な利益を与える為に菩薩は衆生に対して働いているのである。そういう利他の菩薩は翻って自らも仏を志向する。だが自ら単独では仏になることはない。菩薩はその衆生救済の働きによって衆生全体が仏になるまで自らは仏にならないとされている。菩薩はそのことを誓願によって誓った者である。つまり菩薩は他者救済の究極の完成に向けて自己犠牲的に限りなく働き続けつつ、その救済の完成の果てに自己救済として自らの成仏を成し遂げるもの、言い換えれば、直接は他者救済を志向しつつその救済を介して間接的に自己救済を志向している者なのである。そのことを意志し且つ為すものなのである。

西行において、こうした菩薩の主体及び働きは、仏の絶対知及びその見る対象としての幻境世界たる彼岸と、それに対する衆生の住む現世の世俗世界たる此岸とを連繫せしめる「舟」の比喩によってしばしば表現されている。(1)

菩薩は仏に近しい存在である。その意味で西行においては菩薩は仏の絶対知及びその捉える幻境世界の絶対的全体（以下、仏の絶対知の世界とする）に限りなく近接し近似した或る領域（主体と対象。なお主体は対象からの反射像として進める）に存するものである。しかし菩薩は仏とは異なる。その点で、菩薩は直接的に仏の絶対知の世界を志向しそれに漸近すべきものとしてのみそこに存しているのではなく、衆生救済の為に自ら存する領域から衆生たる人々の居る世俗世界に向かって働きかけている者である。そしてそのことによって自らは間接的な形で仏を志向しているのである。つまり、菩薩は衆生を救済しなおその救済を介して仏たるべき者として、仏の絶対知の世界と、世俗の人々の認識（主体及びその対象）の世界との謂わば交点とも言うべき領域に存していると言ってよい。「舟」の比喩は、仏の絶対知の世界という到達さるべき向こう岸と世俗の認識の世界との中間、両者に跨がったその交点を象徴しているのである。

二　隠遁者としての菩薩

ところで、古来菩薩はすぐれた仏教者として現じているとされている。西行においても比喩的な表現ではなく「弘法大師」や「行基菩薩」という人間として菩薩が表現される場合がある。

「行基菩薩」は世俗世界にあって人々の救済の為に様々な事跡を残した。人々は行基の様々な事跡に触れ、そこにおいて菩薩の働きを感得し、行基を菩薩と見做したのである。「弘法大師」もまた人々を救済する事跡を多く残した。なお、「弘法大師」は人々にとって、一般には菩薩と言うより「タイシ神」という民間信仰における民衆救済の神と結びつき、その化身と見做されている。(2)「弘法大師」が人々にとって菩薩なのは、大師の若年の修行時、衆生救済の誓願を立てた場面においてである。「弘法大師」が菩薩なのはそういう限定が付くのであり、また「タイシ神」との関係が又問題となりはするのだが、ともかくいずれにせよ、両者ともに衆生救済を願い行為した人間、人間として現じた菩薩、少なくともそういう菩薩の事跡を残した者、と人々に見做されているものと言ってよい。西行もまた同様の点において、彼らを率直に菩薩と見做しているのである。

ところが、西行において、彼らは行為においては直接的には衆生の方に向かっているとは表現されてはいない。つまり彼らはその行為の点で見れば世俗世界へ直接働きかけているのではないのである。

「行基菩薩」は「いづれのところにか一身をかくさむ」(西行上人集・四二八・詞書)と語ったとされ、西行もそれを受けて隠遁の思いを反芻しつつあらたにしている。「弘法大師」においても大師が菩薩の「ちかい」を立てたのは容易に人が近づけぬ峻厳な四国の山峰である(山家集・雑・一三七〇)。その山峰にある行道所の更に上方の峰において大師は釈迦仏に出合ったという(同・一三七一・詞書)。その「弘法大師」に出合うべく、西行はその行道所及び上方の峰に登っているのだ。西行において両者は直接的には世俗世界の方向ではなく、世俗世界を離脱する方向、しかも徹底した離脱へと行為する者として立ち現れているのである。

西行において人間として現れた菩薩(西行において直接的に菩薩と表わされる人間は彼ら二人のみ)はその行為としては、周縁世界において「一身をかくさむ」とする方向、しかも仏をなぞるべき方向、即ち仏の絶対知の世界の方向に向かっている。少なくとも人間として現れた菩薩はそうした仏の絶対知の世界に向かう隠遁を意志し又行為した者として西行に現じているのである。

西行にとって、菩薩そのものはそういう仏の絶対知の世界に向かう隠遁という意志及び行為によって、その当事者である人間として姿を現す。言い換えれば、西行にとって菩薩とは隠遁の意志及び行為によって隠遁者を介して現出し、なおその現出において隠遁者自身を取り込んでいる者なのであり、その限りその働きもまたその現出において存するのである。その働きは菩薩である限りにおいて、世俗の認識の世界の救済をもたらす働きであるとともに自らを仏の絶対知の世界へと漸近させる働きである。端的に言えば、その働きとは仏の絶対知の世界に近接・近似した領域の現出をもたらせてくる働きであり、その現出において、働きはその領域から周縁世界の隠遁の当事者自身を摂取するのであり、しかもなお世俗の認識の世界へと向かう働きであるのである。そしてその働きが又菩薩の領域を仏の世界へと漸近させているものなのである。そういう菩薩の働きの様を西行は二人の隠遁の当事者へのなぞりにおいて捉えるのである。

三　絶対知の絶対実現に向かう自己自身の意志としての菩薩の誓願

菩薩は観念としても語られている。作品に即しながら見て行くことにする。

誓ひありて願はむ国へ行くべくは西の門より悟りひらかむ　（山家集・雑・一五四〇）

この歌は次章で述べる「普賢菩薩」の作品を含む『山家集』「雑」の「釈教十首」内の「千手経」を題とする三首のうちの第二首目の歌である。菩薩の全体的特徴をよく表わしている歌と思われ、ここに引用した。

歌意は、「菩薩（千手観音）の誓願があって願おうとする世界へ行くことが出来るのであり、それならば（その場合は西方極楽浄土に向かって開けた門より仏の絶対知の世界へ入って行くだろう」というものである。(3)

光景はあくまで幻境世界のそれであり、現実のものではない（そもそも題において事物の表象の表現は無く、この歌はあくまで誓願や絶対知という働きそのものを主題として投企されている）。その点で「願はむ国」や「西の門」とは幻境世界においてかくあるものを指している。だから「願はむ国」は幻境世界においてなお願望すべき世界、即ち仏の絶対知の世界が謂わば絶対的に実現する処を意味するのであり、「西の門」は幻境世界におけるその絶対実現（西方極楽浄土の阿弥陀仏の観念を介した）がなされる処であるのである。(4)

そうした幻境世界において西行は菩薩の誓願を捉えている。どう捉えられているかというと、誓願の存在（「あり」）とは自分が絶対知の絶対実現へ入って行くこと、つまりそれをもたらすもの、それを可能とさせる働きであるというふうに捉えている。即ち、誓願は西行にとって自らを絶対的解明・安定の絶対実現へと誘う働きであると捉えているのである。誘う働きは、西行に即せば、幻境世界において絶対知の絶対実現へと謂わば西行を押し出して行く働きである。言い換えれば、絶対的願望を極限化せんとする絶対的願望自身の内にある一つの意志だと言ってよい。つまり、誓願は西行にとってそうした自分を直接誘う意志の働きとして捉えられているのである。

菩薩の誓願とは第一節で述べたように、衆生という他在を仏の世界に渡すという他在の直接の救済によって自らも間接的に救済されてその世界に渡る、ということを内容とするものである。その意味で菩薩の誓願は本来的に他を介する自の志向としての菩薩の意志であると言ってよい。それは菩薩というものの自他関係的な実践的規定と言ってもよく、その知の在り方とともに菩薩をそれたらしめる根本と考えてよい。西行はその誓願を他ではなく自らへと向かう働き、自らを絶対実現に到達せしむる意志の働きとしてあるものだと捉えている。即ち菩薩にとっての他とは紛れもなく自分なのであり、誓願とはその存在において自分へ向かう意志としてあるものなのだと見做しているのである。

次のような歌がある。

普門品
弘誓深如海　歴劫不思議
をしてるや深き誓ひの大網にひかれむことのたのもしきかな　(聞書集・二六)

「法花経廿八品」歌中のものである。題は『法華経』「観世音菩薩普門品」における釈迦仏の表わした詩頌にある句である。意は「(観世音菩薩の) 大いなる誓いの深さは海のごとくであり、幾百劫という長い時間を費やしてもその内実について思量し得ない」である。歌意は「菩薩 (観世音菩薩) の海のように深い誓願の大網に引かれることは頼もしいことだな」である。

要点だけ言えば、誓願は西行にとって「大綱にひかれむ」如き「たのもし」さとして感得されるものである。その感得は絶えず絶対知をなぞる西行にとって、あくまでも自分が「大綱にひかれむ」ことのそれなのである、と言ってよいのである。

誓願が自己へと働く存在であると捉えるのは、菩薩の意志が自らの認識を幻境世界において絶対実現へとつき動かしていると捉えることである。言い換えれば、誓願は自らの絶対実現への意志を意志たらしめている菩薩という存在におけるもう一つの意志だと捉えているわけなのである。

西行において絶対実現への意志は、具体的には観念をなぞり絶対的行為へともたらし完結をなさんとするものである。即ち言い換えれば、なぞりを具体化する働きと言ってよい。西行は幻境世界において自らの意志の根底に誓願というもう一つの意志の存在を捉えるのである。

もう一つの意志は、西行において自己の意志をそれたらしめ自己の意志として働く意志である。しかも自己の意志として働きつつなおその自己を他とするもう一つの意志として自己同一性を有しているものである。その点で菩薩の意志は西行の意志として幻境世界において現実化しながら、なおそれ自身は他のものとして自立的且つ可能的なものとして存しているものだと言える。西行の菩薩の意志への認識は、そうした幻境世界における西行自身の自己において現実化するもう一つの自己同一的な他のものの働きの存在を捉えたものなのである。

そこで、では何によって西行は自己の意志を他のものの現実化として捉え得たのか。それは、その他のものが西行自身の自己の根底に内在するものとして存している、即ちもう一つの自己である様な存在性格を持っていると直知している為である。もう一つの自己であると直知するからこそ、その他のものの意志が自己の意志として現実化するのである。それは自己の内奥の根源的欲動の働きであると言ってよいだろう。

菩薩の誓願は一つの他のものの観念である。この観念についてのなぞり自体は西行の意志に基づきなされる。その意志そのものをなぞられた観念の言及対象であるものの意志の現実化と捉えるのである。その言及対象の内実がもう一つの自己の意志としての根源的欲動なのである。つまり他のものの観念によって、反射的に内的な自己の根源的欲動を直知するのであり、その直知された働きによってなぞりが具体的になされているのである。

幻境世界において西行は自己の意志をそれたらしめるもう一つの自己の働きを直知する。そしてその何たるかを認識する。その認識において西行は菩薩をなぞる認識をなしている。その菩薩をなぞった認識において根源的欲動は自らの意志として対自化される。つまり菩薩の意志は、菩薩へのなぞりにおいて対自化された根源的欲動なのである。そしてそれを観念によって自らである菩薩の誓願として捉えるのである。しかもなお、そうした根源的欲動への対自的認識自身が、幻境世界の対象認識とあいまって、自己を絶対知の絶対実現へと到らしむる自己自身の意志の働きによって促されていることを、自己は対自的に（自らである菩薩を取り込みつつ）認識するのである。

無論、西行は誓願を自己の働きとして端的に語っているのではない。誓願はあくまでも他のものたる菩薩の誓願の観念として語られているものである。表現は、一旦菩薩の認識から離れて現実経験に立ち戻った場面でのものである。その逆立する菩薩たる現存在の自己において、菩薩の誓願の所在、或いは菩薩そのものは自己の根柢の側に内在するものと見做しているのであり、その自己内在的なものを菩薩の観念によって語っているわけなのである。

以上のことから、菩薩の誓願はその内容において根源的欲動の対自化された働きとしての自己の意志と考えてよく、従って菩薩とはその欲動そのものを対自的に認識する自己に他ならず、その意志はなぞりをもたらす点において、現存在たる自己においては観念をなぞり絶対的行為をなし完結をせんとする意志として働くのであり、そのことが根拠への認識を介して絶対実現へ向けて自己を誘い救済する働きであるのである。(5) そしてその働きは自己が絶対実現に到達することによってその目的をほぼ完全に果たす（ほぼと言ったのは、当事者の自己以外の他の救済への意志が可能性として残されているからである）、即ち自己を介して対自化された根源的欲動自身が間接的に絶対知と絶対的に合致するのである。菩薩の誓願は間接的に幻境世界の自己である菩薩自身のあるべき認識を誘うのである。

四　菩薩の意志の働きによる自己と相似した衆生の救済

さて、菩薩の働きは根本的に何に由来するのか。また、菩薩の働きは本来西行のみに向けられているのではなく、衆生全体に向けられているわけであり、このことについて西行はどのように捉えているのだろうか。

次のような歌がある。

末法万年　余経悉滅　弥陀一教　利物偏増

無漏を出でし誓の舟やとどまりてのりなき折の人をわたさむ　（聞書集・三五）

題は慈恩の『西方要決』からの引用である。(6) 題の大意は「末法の一万年の世では、他の経典は悉く滅び、ただ阿弥陀仏の教え一つだけが衆生を救うことといや増すだろう」というものである。この題を受けて、歌は阿弥陀仏の衆生救済の働きを詠んでいる。歌意は「無漏（煩悩を滅した状態）即ち絶対知から出た阿弥陀仏の誓願の船は留まって、末法の世の衆生を彼岸へ渡すだろう」である。

要点だけ言えば、阿弥陀仏の「誓の舟」は「無漏を出」たもの、即ち煩悩に染汚されざる阿弥陀仏の絶対知から出来したものであり、その働きは現世に留まって仏法が衰退した末法の時代において衆生を救済するだろう、というものである。

「誓の舟」は菩薩の働きを象徴するものである。この歌を見る限り、菩薩の働きは阿弥陀仏の絶対知から出来した阿弥陀仏の働きとされている。つまり、菩薩の働きは菩薩の間接目的である絶対知によって与えられる働きというわけである。そうすると菩薩の働きは、絶対知が絶対知自身を間接の間接において目的とした絶対知の働きという話になるだろう。言い換えれば、菩薩の働きは間接の間接目的へ向かう絶対知の円環が実現する時の媒介ということになる。この限りで言えば、絶対知の円環は菩薩に相似的に自己を現わし、さらに衆生の認識に相似的に自己を現わし、その本来の実物の自己が間接の間接目的としての自己に向かって再び二つの相似形を媒介しかつ超克して実物へと還帰するのであり、菩薩の働きはその様な絶対知の円環における円環の実現の媒介としての働きを意味していることになる。

さて「誓の舟や」の「や」は詠嘆を含意する間投助詞である。つまり、西行は菩薩の働きを詠嘆を込めて語るべくそれを幻境世界において感得している。「無漏を出でし」という「誓の舟」の形容句はその感得の中で捉えたものを表わしていると見做してよい。「無漏」とされる絶対知は、菩薩の働きを感得した地点から遠く認識されたものだ。それはその地点において自己の働きの根柢の更に根柢（根拠そのものとしての存在の境域が絶対的に対自化された処）に存する絶対的な働きの様を遠く捉え語ったものである。絶対的な働きがその根底の根柢に存し、それが菩薩の働きという根柢の在り方をとって「出でし」ものとして対自的に捉えられているのである。

西行はこうした地点から菩薩の働きを捉えて語っているのであり、そこにおいて、自己の根柢の根柢から由来する絶対知の絶対的な意志の働きに自己が貫かれており、自己はそれにつき動かされながら絶対知の絶対実現に近接する処へと、更には絶対知そのものへと近接せんとしていることを捉えているわけである。菩薩の働きをそうした幻境世界の地点、言い換えれば菩薩をなぞる観点から捉えているのであり、それを踏まえた上でその働きを言い直せば、絶対知の媒介としての意味を持つものである、と見做せるということである。

さて、以上を踏まえて、次に衆生救済はどの様なこととして捉えられているか。

下句の「人をわたさむ」事態とはその菩薩の衆生救済としての人々への関わりのことである。この菩薩の実践的規定は西行においてどういう内容なのか。

「人」とはそもそも人間一般或いは他の人乃至は人々を意味する語である。この場合は人間一般つまり衆生一般とするのが解釈としては通常である。つまり菩薩は衆生一般を絶対知へともたらそうしている、と普通に解するべきである。菩薩観念の一般的な意味内容である。そうだとすると、西行の菩薩の衆生救済についての認識は菩薩観念のごく一般的内容を出ないということになる。だが、西行はここで菩薩観念の衆生救済の一般論を語っているのではないのは言うまでもない。

下の句は題の観念の主意をそのまま単純になぞっているように見えるが、今まで述べて来た如く、観念へのなぞりは必ず自己認識との不可避的な呼応においてある。即ち、「のりなき折の人」と言う時、西行の菩薩をなぞる観点の眼前にあるのは、直接は仏の絶対実現から遠く隔たった救済され難い自意識を抱えた自己の逆立像であり、絶対知をなぞり完結を反復するも常に相似の認識に留まらざるを得ない自己の逆立像である。というのは、西行の〈問題〉にとって救済の対象は端的には常に自己であるからである。従って、この場合「人」はそういう眼前の直接の対象である逆立した自己像を度外視して捉えられているのではない。即ち言うならば、「人」はその眼前の逆立した自己像を通して透かし見られる人々を指していると見做してよいものである。「人をわたさむ」とは、その自己像を透かした世俗の人々が絶対知の働きによって絶対実現に絶対的に到ろうとしている光景、人々による絶対知に相似した認識が捉えられているのである。

救済さるべき人々の像は、菩薩をなぞる観点からの自己の逆立像の反転としてある。その他在の反転した全体像が、「末法」における既存から未在へ続く時間枠の中で逆立した自己像の彼方に広がっている。西行はそうした自他の像を絶対知の絶対実現の予感の中で捉えている。その予感において、自他の像は「末法」の全時空が収斂せんとする場面に存していると言ってよい。なお、そこにおいては、「末法」の全時空のあるべき数限りない他在としての反転する人々の全体像は、逆立した自己像へと収斂し浸透しつつあるだろう。逆に言えば、逆立した自己像は他在の反転した全体像へと遍在的に拡散し浸透しつつあるであろう。即ち、自他の像が溶解しかけているのである。そしてそこでは、個と全の或いは個と個の関わりがその非連続的在り方を脱しほぼ連続化しつつあるものとして見えているだろう。

こうした予感による認識を幻境世界の認識においてなしているのであり、そうした認識において逆立した自己像は絶対知の相似の認識をなし、従って人々もまた斯くあることが了解されるのである。あくまでも衆生救済はこの認識に基づく他在の救済だと言ってよく、一般論の敷延等ではないのである。

この認識を関係の在り方の点で言い換えれば、菩薩をなぞる認識においては、自己と衆生たる他在との関係がほぼ自己と自己との内的関係に還元されているということである。西行の自意識の性格上その様に見做さねばならぬのだ。だとすると救済は、根源的欲動の働きを対自化する認識を通して俯瞰されるそうした逆立した他在の意志（即ち逆立した自己像に存すべき意志）に、他在の内面からの意志として働きかけることであり、そのことによって他在における認識の有り様を絶対実現のそれへと誘わんとすることとなるのである。そしてそのことが幻境世界を認識する自己が自らのその内的働きによって絶対知への意志に貫かれることでもある、ということになるのである。

一般論的に見える表現は、以上の点で、観念を介した幻境世界の認識が逆立した自己像を通して衆生全体を予感的に透見するという、西行にとっての根源的欲動の対自化の内的視点においてなされたものである。

なお、歌に戻って、絶対知の働きが「とどまりて」あるとは、働きが菩薩の救済対象である「人」即ち直接は逆立した自己像をつき動かしており、その働きがそこにおいて相似的に完結的に実現していることを表わしているものである。

そういうわけで、以上を踏まえて菩薩を言い直せば、それは自体的に言えば絶対知自身の意志の働きを担った根源的欲動への認識主体であり、対自的に言えば絶対知への意志としての働きを媒介するものなのである。媒介の在り方は、逆立した自己像の反転形としての他在を絶対知の内的対象へともたらすことによって、自己そのものが絶対実現と一致するといった認識の展開への志向であり、しかもその展開自体が絶対知の意志に基づく絶対知自身の自己認識の円環の完結を予感せしめるものである、と言うことが出来るものである。

五　他在としての菩薩の取り込み

さて、西行にとって菩薩は自らの先達としての人間でもあった。彼らは仏の絶対知の世界への隠遁行為によって菩薩を介して絶対知をなぞり、その認識を介して各々の自己の何たるかを見た者であると言ってよい。但し、西行の対自化の努力の過程という点から言えば、実際上、西行はまず人々によって菩薩とされた人間に、彼らの表現の徴表を介して出合い、なぞり、彼らが見た幻境世界乃至周縁世界の光景を彼らの認識の思い出をなぞりつつ捉え、その自らの認識を核として、そこから菩薩の観念を介することによって直接的に自分の眼前の対象に絶対知へのなぞりとして挑んで行ったものと思われる。

そこで、菩薩の衆生救済の観念を踏まえて、人間としての菩薩についてもう少し言えば、西行の見た光景は次のようになろう。

幻境世界に存する菩薩の働きを感得した幻境世界の人間の像は、西行自身の自己像であるとともに、又二人の先達の像の思い出でもある。彼らの像は、幻境世界と世俗世界を見る彼ら自身の自己像である。菩薩は西行自身を含めた彼ら各々の自己像として働いている。周縁世界にはそれらの像の逆立形としての自分達の姿が浮かんでいる。そしてその背景として、菩薩たる自分達自身の働き自体の逆立を背負った世俗世界の自分達の姿が現じている。更に、自分達とともに人々の姿が現じている。人々の姿は、自分達が経験する幻境世界の菩薩の逆立像のそのまた更なる反転形の姿である。人々は自分達の隠遁の表現に接し、表現を介した幻境世界の現出に各々の願望を重ね合わせようしている。

西行は幻境世界において先達の菩薩としての各々の自己像の有り様を捉え、かつそれらの自己像に写し出される逆立像やそれを透かして広がる反転像の全体をも捉えているだろう。その認識においては絶対知に由来する働きが、認識する西行自身を含めた一切を絶対知へと誘う様が予感として浮かんでいる。

そしてこういう西行自身において認識される菩薩の様態である先達の自己像そのものが、西行自身の自己像に相似した他在に他ならないのであり、菩薩によって救済さるべき人々はその菩薩としての自己の世俗世界における陰画なのである。そして西行はそういう自身の自己像と先達の像の連立を更に対自的に見ているのである。対自的に捉え、自ら自らたる菩薩を取り込むことによって、相似した他在や人々を自らの内的対象とし、仏の絶対知の世界の円環と完結とを絶対的に実現せしめんとしているのである。

註

（1）菩薩が船に乗って衆生を救済する比喩は大乗経典によく見られる。
（2）村上重良『日本宗教事典』（講談社学術文庫）を参照した。
（3）「西の門」は西方極楽浄土への門である。「西の門」の用例はここのみだが、「西」の用例は固有名詞にあるものを除けば全て西方極楽浄土の意で使用されている。「門」とはそこを出て悟りに入る処という用例（聞書集四二「入りそめて（略）」）がある。西方極楽浄土の教主は阿弥陀仏だが、この仏は『千手経』によれば「千手観音」の「本師」とされている仏である。なお、密教の曼陀羅においては一般にその東西南北を四門と呼び、それぞれに発心・修行・菩提・涅槃の意義を配している。西門は菩提門であり、仏の絶対知の世界への入り口を象徴する。「千手観音」に関する曼陀羅としてはその観音を主尊とする『千手観音曼陀羅』というものがあり、西行はこの曼陀羅の菩提門も念頭にあったのかもしれない。
なお、西行においては「関」「岩戸」「みと」「門」等々といったような扉（通路）の形象がよく出て来ており、この点だけをとってみても、西行の外部世界（幻境世界や存在の境域）認識への志向、及びその形象の示唆する境界によって顕わになるべき内部世界（存在の境域に対する幻境世界や幻境世界に対する世俗世界）の成立根拠の認識への志向の強さを知ることができるだろう。
（4）仏に関して、大日如来や釈迦仏や阿弥陀仏等の諸仏の特殊性つまり法・応・報の諸仏及びそれらを総括する仏の性格を考える必要があるが、本書ではそれらの差異は括弧に入れて述べる。
（5）菩薩と神が同一視せられ習合せられるのは、少なくとも西行においては、こうした欲動とその対自化という理由によるものと考えてよいだろう。即ち菩薩は幻境世界の原基としての神を対自化（仏へのなぞりとして）する認識主体なのである。
（6）大正新修大蔵経（以下、大正蔵と略）第四七巻一〇九頁（以下、巻数・頁数として各々を略記）参照。『西方要決』のこの箇所は源信の『往生要集』巻上に引用されており、西行は同書から間接的に引用しているのかも知れない。

第六章　普賢菩薩

本章は〈菩薩〉の究極としての〈普賢菩薩〉の何たるかとそれへのなぞりについて述べる。西行は〈菩薩〉へのなぞりの果てにこの〈普賢菩薩〉に行き着いた。〈普賢菩薩〉は〈菩薩〉の認識内容を究極的に認識し、〈菩薩〉を〈仏〉へ導く究極の〈菩薩〉である。西行は〈普賢菩薩〉の認識へのなぞりにおいて〈菩薩〉の認識を取り込み、現今に成就する〈仏〉の絶対知に絶対的に到達せんとし、衝迫を遂げ、〈自分〉の何たるかに関する絶対的な認識を獲得せんとする。

一　究極の菩薩

西行の菩薩の観念の中に「普賢菩薩」という観念がある。この観念はそれ以外の諸菩薩の観念とは些《いささ》かその内実を異にしている。この菩薩は諸菩薩を導く菩薩であり、菩薩の中でも仏の絶対知に最も近似した、その意味で究極の菩薩とされるものなのである。この観念において西行の自意識は、その本性を極限的なまでに露呈させて来ることになる。

次の様な作品がある。

又一首この心を
楊梅の春のにほひ遍吉の功徳なり
紫蘭の秋の色は普賢菩薩の真相なり
野辺の色も春のにほひもをしなべて心そめけるさとりにぞなる　（山家集・雑・一五四二）

この作品は『山家集』「雑」における「釈教十首（一五三三―一五四二）」と題された一連十首の釈教歌群の最後にあるものである。この釈教歌群は順に「訖栗枳王《きりきわう》の夢のうちに三首」「無量義経三首」「千手経三首」と小題が付された三首一組の歌が三組並び、最後に「又一首この心を」以下の詞書をもつこの歌が置かれているものである。

詞書の意は「また一首釈教の心を表わす。やまもの春の香気は普賢菩薩の働きである。ふじばかまの秋の色は普賢菩薩の真相を現わすものである」である。歌意は「秋の野辺（に咲くふじばかま）の色も、春（のやまもも）の香気もみな一様に心を染め上げる。心は悟りになるのだ」である。

この詞書と歌には多くの注目すべきことがある。一見何気なく表わされているように見えるが、よく読むと、この詞書と歌を通して西行の思想の精髄に関わることが表現されている。以下些か煩瑣且つ迂遠な論の運びになるが、それは西行の本性がこの表現に異様なまでに凝縮的に映し出されている為である。

なお、この作品は『山家集』「雑」の巻末、即ち『山家集』全体の掉尾にあたる「雑十首」の直前にあるものである。「雑十首」はことさら特別の思いで詠まれているものではなく、謂わば隠遁者としての普段着のまま詠まれた歌が（これも西行の内省による対自表現であるが）さりげなく並べられたものである。そういう普段着の歌を自分の作品集の掉尾に据えるというのは、それ自身西行の或る種の企図によるものと思われ、極めて興味あることであり考えるべきことなのだが、ともかく思想の凝縮という点に関して見る限り、その直前のこの作品こそ西行の作品集（『山家集』成立時での）の真の掉尾と見做してよいと思われる。その意味でもこの作品に込められているものは西行の思想の一つの到達点であり、また集大成であると言ってもよいのである。

まず詞書から見ていくことにする。冒頭の「又一首」とはこの歌群を全体で十首一連にすべく、三組九首に加えてもう一首、という意である。「この心」の「この」は題である「釈教」を指している。

さて、この詞書において登場する菩薩は「普賢菩薩」である。「遍吉」とあるのは「普賢菩薩」の別訳・別名であり、同じ菩薩を指している。この菩薩は一般的には「文殊菩薩」とともに釈迦仏の脇士として仏の化導を助けるものと

され、他の諸菩薩に対する最高位の菩薩とされている。(1)

ところで「釈教十首」内の小題の一つに「無量義経三首」というのがあるのは上に述べた。この『無量義経』という経典は『法華経』の開経とされ、結経の『普賢経（観普賢菩薩行法経）』と合わせて法華三部経という一つのまとまった経典群を構成しているものである（天台智顗の論に基づく）。だとすると当該作品は『無量義経』との対比としてこの『普賢経』を視野に入れて書かれているとも考えられる。そこで『普賢経』の「普賢菩薩」について簡単に触れておく必要がある。

二 「普賢菩薩」へのなぞりを介した現今の一回性への投企

『普賢経』の「普賢菩薩」は、釈迦仏滅後における発心修行の方法を説き、人々を解脱に導く者とされる。(2)「普賢菩薩」は経典を誦持し六根清浄を願う者に現前し、経典の読誦と六根懺悔の行を勧める。(3)勧める根拠は諸仏が諸仏たるべく過去世にその行をなしており、自らも含む諸菩薩自身の行でもあるからであるとされる。「普賢菩薩」は諸仏・諸菩薩の行の体現者として自らを示し人々に勧めるのである。そしてこの経典はその「普賢菩薩」の行法によってすみやかに無量の生死の罪が除かれ無上菩提が得られる、つまり苦を解脱し仏の絶対知の世界に到ると説いている。(4)この経典において「普賢菩薩」は釈迦仏の化導を、釈迦仏滅後においてであるが、行法の体現的な提示によって担うものとされ、又諸々の化導をする「化菩薩」達つまり諸々の菩薩を自らの「眷属」となす最高位の菩薩とされている。

この『普賢経』を踏まえれば「普賢菩薩」とは、菩薩の最高位として衆生を仏の絶対知の世界へと導く者の代表、謂わば菩薩を導く菩薩であり、その働きとしての衆生救済を仏滅後の行法の体現的な提示によって実現するものである、ということになる。又その存在性格は仏滅後の仏の化導の謂わば代行者であることから、仏に極めて近しい者であると言うことが出来る。[5] 即ち言い換えれば、この菩薩は菩薩そのものの理想像だと言ってよく、理想像である限りにおいて、菩薩そのものの働きがもっとも純粋に顕現している者だと見做してよい。その顕現した働きが『普賢経』では経典読誦と六根懺悔という行法の具体的提示として示されているのである。

さて西行は、この一連の「釈教十首」において、『無量義経』における「大荘厳菩薩」や『千手経』[6]における「千手観音（千手千眼観世音菩薩）」といった主に釈迦仏滅後に活動する菩薩とその教法の観念に接している。そして「普賢菩薩」という理想像とその行法の観念に思い至っているわけである。

思い至る経緯について一寸触れておく。

この「釈教十首」の全体の主題は釈迦仏滅後の菩薩に関するものであることが題によって分かる。「訖栗枳王」は過去世の仏である迦葉仏の父王であり、その夢において未来の釈迦仏滅後の仏法に多くの異義が生じることを予見したとされる。[7]『無量義経』『千手経』ともに主人公は菩薩であり、『無量義経』では「大荘厳菩薩」が釈迦仏滅後の教法とその修学について釈迦仏に諮問し又仏からそれについての説（『無量義経』の聞持）を対告されるものである。[8]『千手経』の「千手観音」は釈迦仏滅後という限定はないが、過去世に過去仏（千光王静住仏）から『陀羅尼

（廣大圓満無礙大悲心陀羅尼）』を説かれ、未来の一切の衆生救済を「堪能（上手にする）」せん為に自分の身に千手千眼を生ぜしめんことを誓ったとされる。菩薩は即時にその身を得、自ら聞いた『陀羅尼』の護持を衆生に勧めている。[9]『普賢経』の「普賢菩薩」は述べた如く釈迦仏滅後の行法の提示を専らとした化導の代表的菩薩である。つまり全体の話の流れは、「訖栗枳王」の予見が的中した形となっている仏滅後の異義の発生に対して、正しかるべき教法（『無量義経』）を仏が「大荘厳菩薩」を介して示し、「千手観音」が巧みに教法（この場合は『陀羅尼』）へと衆生を導き、「普賢菩薩」が具体的な行法（経典――「大荘厳菩薩」においては『無量義経』に、「千手観音」では『陀羅尼』に限定されるが、「普賢菩薩」においては『法華経』を示唆するが直接はその限定がない――の読誦による護持と六根懺悔）を示す、となる。[10]無論、それぞれの菩薩は各々衆生を化導するのだが、釈迦仏滅後の代表はまさに「普賢菩薩」というわけである。つまり、西行は自らの現在である釈迦仏滅後の時点における菩薩について思念を巡らせ、最も理想的な菩薩に思い至っているのである。

「釈教十首」の歌群は、今述べた題の配列とその展開に即して詠まれており、歌の主旨をまとめて示せば、「訖栗枳王の夢の中に三首」は釈迦仏滅後に異義が立って教法が乱れたことを嘆き、「無量義経三首」は、『無量義経』の教法は『法華経』に比すべき唯一のものだと仏は説き、この教法がなかったら煩悩の火は消えまいとする。「千手経三首」は、煩悩による罪障深い己れを菩薩は仏の世界に導くと誓っており、その誓いをこの経典では「南無」という言葉で総括しているのだ、と表わしている。そして当該の「普賢菩薩」の詞書と歌になるわけである。

ここ迄で言えることはこうである。西行が理想的な菩薩の観念に思い至るということは、そういう菩薩へのなぞりにおいてのみ、そのなぞりを全うしてのみ己れの救済が可能だと考えていることに他ならない。このことを逆から言い換えれば、理想の菩薩に至るまでの、仏滅後の菩薩の観念についての経巡りは、畢竟仏の絶対知の世界から遠く隔たり容易に救済されがたい、つまり絶対的な形では仏の絶対知の世界に到りがたい己れ自身が存していることへの認識を示唆しているのである。その己れ自身とは根拠の解明を絶対化できない己れである。言い換えれば、内省や完結の到らなさを負った己れである（菩薩の観念への経巡りはそういう到らない己れへの対自化の道筋を反照的に示したものであると言ってもよい。なお、教法の乱れへの嘆きは、懐疑の旋風の中での嘆きへの対自表現と見做してもよいだろう。だとすれば、己れへの対自化の道筋は、絶望のなかで菩薩の観念を経巡り続けるも已然として仏の絶対知の世界に到り得ず、絶望から決定的には脱却出来ずにいる己れへの対自化の道筋を示したものでもあると言い換えることが出来るだろう）。即ち諸菩薩やその提示する諸々の教法（経典や陀羅尼の護持等）に導かれ、それらをなぞり続けるもののなお内省は不十全であり且つ完結は相対的でしかないのである。であるからこそ、菩薩の理想である「普賢菩薩」とその行法をなぞり、且つそのなぞりをまっとうし、なお且つその菩薩と行法とを取り込まねば仏の絶対知の世界に絶対的に到れぬ、そのように思い至ったのだと言ってよいのである（以上の対自化の道筋がこの歌群において提示されていると言える）。

救済されがたい己れの有り様を救済する理想の菩薩と行法の観念を西行はなぞろうとする。理想の菩薩の働きとして示される行法の経典護持と六根懺悔とは西行において如何なる内実を持つものであるのか。仏の絶対知の世界に関する観念へのなぞりと、己れの根拠そのものへの解明の努力及び表現世界への投企の徹底的な遂行である。即ち、絶対知へのなぞりの徹底によって実現さるべき絶対知の働きによって、内省の不十全性や完結の相対性を負った己れを対自化し尽くし、なお己れの根拠そのものを絶対的に認識し尽くし、さらにその認識を表現し尽くす、そういう絶対知の世界の実現への努力乃至は絶対的完結の瞬間への投企を徹底化することである。西行は、この絶対知へのなぞり及びなぞりによる認識と投企の徹底的遂行を、絶対知の理想的相似形における行法の観念へのなぞりにおいて現実化せんとするのである。行法の観念へのなぞりは、まさに理想的相似形の観念をなぞり取り込むことで完全に可能となる。即ち言い換えれば、理想的相似形の観念をなぞり、自らその理想的相似形と成ることによって、行法のなぞりを完全に達成し、絶対知へのなぞり及び認識と投企を完遂するのである。なぞりによって理想の菩薩に達し、現今の一回的場面において、絶対知へのなぞり及び認識と投企を徹底的に完遂することで、仏の絶対知の世界を絶対的に実現せんとするのである。そういう現今の一回性に絶対的に屹立せんとする己れの極限的決断の姿が、既存の原初から辿ってきた道の遥かな未在への延長の形の現今への収束において、理想の菩薩と行法の観念へのなぞりの企図の中で、西行の心中に浮かび上がるのである。

三　「楊梅」の「にほひ」と「紫蘭」の「色」

さて、詞書に戻り先を進めよう。詞書の中心部を再掲しておく。

楊梅の春のにほひ遍吉の功徳なり
紫蘭の秋の色は普賢菩薩の真相なり

「楊梅」「紫蘭」ともにとりわけ珍しい植物ではなく、西日本における山野のごくありふれた草木である。「楊梅」は別名「やまもも」と言い、春に紅色の花をつける。「紫蘭」は別名「ふぢばかま」であり（同名別種の「シラン」という植物は春の花である）、この植物は秋に薄紫の花をつける。「楊梅」の用例はここのみであり、「ふぢばかま」の用例は他に一例であり、(11)その点で西行にとってとりわけ植物としては特権的に注目しているものではない。(12)むしろ西行にとっては殆ど偶然的に捉えられた対象と言ってよい。

ところが、注目すべきなのはその「にほひ」と「色」である。これらの言葉の用法を辿って行けば西行がここで何を語っているかが了解され、そしてこの何気ない表現が、実は「普賢菩薩」の観念の内実をなす事柄を事物に即して含意させたものであることが分かってくる。

四　絶対知の絶対実現の近接としての「楊梅」の「にほひ」

「にほひ」について西行は「普賢菩薩」との関わりで次のように詠んでいる。

普賢品
散りしきし花のにほひの名残多み立たまうかりし法のにはかな（山家集・雑・八九三）

普賢経
花にのる悟りを四方に散らしてや人の心に香をば染むらむ（聞書集・三三）

「普賢菩薩」に直接関わる西行の作品は本章冒頭の当該作品を入れてこの三つである。前歌の意は「釈迦仏の説いた仏の絶対知の世界が散花の香気の如く余韻を深く残すので、教場では誰もが立ち去りがたい思いであった」であり、後歌の意は「花に現出する（乗り移る）仏の絶対知の世界を、普賢菩薩は花を散らす如く四方に散らして、人の心にその香気を染み込ませるのであろうか」である。

歌と詞書との違いはあるがどれも花（右に引用の二者は桜）の「にほひ」「香」が詠まれている。「にほひ」は一般的には色の美しく映えることを指す言葉だが、この場合は「香」との相関上香気と解してよい。西行において「普賢菩薩」は花の香気において、香気を通して表現されるものであるのが分かる。(13)

「普賢菩薩」が関わる花の「にほひ」とは、この二首において見る限り仏の絶対知の世界の現出の残存を表わしている（残存である以上、厳密に言えばこの時点で仏の絶対知の世界は絶対的に実現したわけではない）。「普賢品」の歌は『法華経』「普賢品」の最後の箇所で、仏が霊鷲山で『法華経』を開陳して仏の絶対知の世界を現出させた後に、それを見聞していた「普賢菩薩」を代表とする諸菩薩及び諸会衆が「皆大歓喜」して去る場面を描いたものである。(14)「散りしきし花」とは直前まで『法華経』で語られていた仏の絶対知の世界の一つの様相の表現である。なお、花の形象そのものは仏の絶対知の世界の荘厳なる様を表わすものである。西行において仏の絶対知の世界は、しばしばこの形象に溢れた世界として表象されている。そこで、「散りしきし花」とはその世界の現出の残映の様相であり、「にほひの名残り」とは、その様相が「にほひ」という「名残り」あるべき印象において残存している、言い換えれば、仏の絶対知の世界そのものが印象として継続的に残存していることを表わすものであるのが分かる。「普賢経」の方の歌は、釈迦仏滅後においても仏の絶対知の世界は残存しているということを表わしたものである。残存は『普賢経』に説かれた「普賢菩薩」の行法の護持によって可能になるものであり、「普賢菩薩」は自らの衆生救済の活動を通じて仏の絶対知の世界の残存を「四方」の衆生の「心」に送り込む、ということを表わしているものである。

そうすると当該作品の詞書における「普賢菩薩」の関わる「楊梅の春のにほひ」という花の「にほひ」も又、仏の絶対知の世界の残存を表わしていると見做しうるのであり、「楊梅」が「春」に開花し「春のにほひ」としてその季節に遍満する様にその残存を感得し、なおその残存にその菩薩の「功徳」が関与している、この表現はそういうことを意味しているのだ、と解してよい。

「楊梅」は香気の優れた所謂香木であり、春の開花の季節には香気をよく漂わせる。その花の「にほひ」に相応する様な「にほひ」を漂わせて「普賢菩薩」の領域が存している。詞書全体は後の「紫蘭の秋の色」も含めて、その領域を相応させながら表わした表現である。「にほひ」を漂わせるその領域は、かつての仏の絶対知の世界そのものの残存という風光に彩られている。その風光は「楊梅」の香気が「春」に遍満する、逆に言えば「春」がその香気に収斂する様相を呈しているのだ。

「にほひ」を漂わせる領域は、かつての仏の絶対知の世界そのものの残存であるとともに、花の形象に彩られたその荘厳なる世界の到来への前段階でもある。まだはっきりとは見えぬ仏の絶対知の世界の荘厳を予感させて、領域がなお未在に向かって広がり続けてゆく予兆を孕んだ様相をも意味している。

こういう歌がある。

随心供仏楽
花の香をさとりのまへに散らすかなわが心知る風もありけり　（聞書集・一五四）

この題は後でも触れるように源信の『往生要集』「巻上・大文第二」の「十楽」の説の中から取ったものであり、仏の絶対知の世界たる極楽において、往生した者が花籠に盛った「妙花」を仏に供えて仏を供養する喜びを表わしたものである。(15) 歌意は「花の香りを仏の絶対知の世界の前に散らすのだよ、仏に供花したいわが心を知る風もあったのだな」である。

「花の香」という「にほひ」は、まさに「さとりのまへ」にある。つまりそれは仏の絶対知の世界そのものが「花」の形象とともにこれから到来するであろう、その仏の「さとり」の世界の前段階にあるものなのであり、その前段階という予兆を孕んだ様相が「にほひ」に含意されているのである。

「にほひ」は既存の仏の絶対知の世界そのものの残像と未在の仏の絶対知の世界そのものの予兆を孕みながら働

いている。残存は述べたように残映の印象の継続と言ってよい。印象の継続が予兆と重なる。「にほひ」は仏の絶対知の世界の未在の広がりの可能性を示しつつ、その可能性そのものが既存の仏の絶対知の世界の残存としてあることをも示すのである。言い換えれば、未知なるものの予感と既知なるものの思い出とが合流したような様である。「楊梅の春のにほひ」として語られた「普賢菩薩」の「功徳」とは、仏の絶対知の世界そのものの在処、言い換えれば、仏の絶対知の世界そのものの絶対実現への時空的近接を意味している（絶対実現は既存のものと未在のものとが絶対的に結合し円環を完結させた瞬間と言ってよいのかも知れない）。「楊梅」の花の形象は、仏の絶対知の世界の花の形象を透かし出し、また「にほひ」の遍満において予兆と思い出が合流し、そこにおいて仏の絶対知の世界そのものの絶対実現の時空的近しさが顕わになるのである。「にほひ」はその近しさとしての謂わば気配の謂いであり、「普賢菩薩」の「功徳」という働きはまさにその近しさとしての気配という時空感覚に応ずるもの、譬えて言えば磁力の様なものを内容としたものの謂いなのである[16]。さしあたりその様なものと見倣しておこう。

五　絶対知の絶対実現の予兆としての「紫蘭」の「色」

さて次に「紫蘭」の「色」を見てみよう。この秋の花の「色」は薄紫である。この紫という色について西行には次のような歌がある。

寄藤花述懐
西を待つ心に藤をかけてこそその紫の雲をおもはめ　（山家集・雑・八六九）
十楽
聖衆来迎楽
ひとすじに心の色を染むるかなたなびきわたる紫の雲　（聞書集・一四四）

前歌の題は「藤の花に寄せて思いを述べる」であり、歌意は「西方極楽浄土の阿弥陀仏の来迎を待つのなら心に藤の花を念ずるとよい。来迎の時に棚引く紫の雲を想起することが出来よう」である。後歌の題についてはすぐ後で述べる。歌意は「一途に心の色を染めるのだな、阿弥陀仏来迎の時一筋に棚引き渡る紫の雲は」である。紫という「色」は右の後歌の題にもあるように、極楽浄土の「聖衆（菩薩及び縁覚・声聞といった聖者）」の「来迎」の直前に、「たなびきわたる」とされる「雲」の色を表わすものである。

後歌の題の「十楽」は、前述したように源信の『往生要集』「巻上・大文第二」に説かれているものであり、念仏者が極楽往生において感得すべき十の「歓楽」を表わしたものである。西行は『聞書集』でこの「十楽」のそれぞれを題として歌を詠んでいるのだが、源信によればこの「聖衆来迎楽」とは「十楽」の最初にある「楽」であり（先程の「随心供仏楽」は第九番目）、念仏者が臨終時において感得するものとされる。この「聖衆来迎」はそもそも『大無量寿経』を初めとした浄土教経典に説かれているのであるが、源信によれば、その時「弥陀如来」が「もろもろの菩薩」「百千の比丘衆（僧たち）」とともに眼前に来たり、「大悲観世音（観世音菩薩）」が進み出て念仏者を導き「大勢至菩薩」がその人の手を直接取り、その人を一瞬のうちに「西方極楽世界」に誘う、とされているものである。[17]
そういう「聖衆来迎」直前に棚引く「紫雲」については『今昔物語』[18]等の物語や『後拾遺往生伝』[19]等の往生伝等々に数多く描かれている。人々は自ら感得する「紫雲」によって、その念仏者の臨終が迫り「聖衆来迎」が間近に訪れることを了解し、そして彼の往生が既に確定していることを知る、とされるものである。[20]

紫の「色」とはそういう「紫雲」を想起させる「色」である。「寄藤花述懐」の歌におけるように「藤花」の紫は「紫の雲をおも」わすべきものなのである。

そうすると「紫蘭」の紫は「藤花」の紫におけるのと同様の「紫雲」を示唆している、と言うことが出来るであろう。「紫蘭」の紫色の花の色彩において「普賢菩薩」の領域が存立している。領域の紫は「紫雲」の紫である。「普賢菩薩」は「紫蘭」の紫の「色」に相応さるべき「紫雲」棚引く領域において、その「真相」を顕わにする、ということになるのである。

さて西行において、この「普賢菩薩」と花の「色」との関わりを直接表わしたもの、或いは「紫雲」を含めた紫の「色」との関わりについて表現したものは他にはないが、花の「色」に関して次のような表現がある。

心経

花の色に心をそめぬこの春やまことの法の果はむすぶべき（聞書集・三三）

題の「心経」とは『般若波羅蜜多心経』のことである。歌意は「花の色に心を染めたこの春は、結果として真実の世界である仏の絶対知の世界が実現するだろうか」である。

この作品における「花」は具体的な眼前の事物を介して現出する幻境世界の花である。幻境世界の花の「色」とは、「聖衆来迎楽」の歌における「紫の雲」が「心の色」を染めると表わされた点と同様に、「心をそめ」るものであり、さらにその「心」の染まりが、最終的に「まことの法の果」としての仏の絶対知の世界の実現を「むすぶべき」原因となるべきものとされるものである。[21]

さてこのことから、まず花の「色」とは、花を彩るものであるとともに花ならぬ「心」に浸透して「心」を彩るもの、言い換えれば、花の形象とともにあり「心」へ直接的に働きを及ぼすものである、と言うことが出来るものである。この点を踏まえて、「色」のそれとしての特質を言えば、形象とともに在り、形象の相を「心」へと明示し、その明示によって「心」自身を照らすもの、謂わば形象の持つ特有の明るさと見做し得るものである。ところで、花の明るさはまた、「心」に働きかけて「法の果」を実現するそもその原因でもある。即ち花の「色」とは、仏の絶対知の世界の絶対実現という結果を、「心をそめ」るという働きを介することによってもたらす当初の原因となるべき花の形象の明るさを意味しているのである。なお、この題の『般若波羅蜜多心経』には菩薩の行の根本としての「般若」の智慧が説かれ、且つ又、その智慧の活動を原因として仏という結果に至る旨が説かれている。[22]「般若」の智慧とは事物・事象の真実相を観ずる絶対知と考えてよい。菩薩は菩薩たることにおいてそれをなぞるのである。前に述べた普賢行法との絡みで言えば、経典読誦と懺悔において、「普賢菩薩」は外的対象と自己という内的対象との真実相を究明し観ずる仏の絶対知を理想的になぞるのだと見做してよいものである。

さてそうしてみると、花の「色に心をそめ」るというのは、仏の絶対知の世界の絶対実現の当初の原因たるべき

花の形象の明るさを、その真実相において、絶対知へのなぞりによって菩薩が捉えている様を表わしているという
ことに他ならないものである。捉えた以上仏の絶対知の世界が結果するはずである。「心経」の歌は当初の原因か
らその最終的結果の予測において表現されているのである。

花の「色」は仏の絶対知の世界の絶対実現という結果をもたらすべきそもそもの原因である。つまり「色」は花
の形象の明るさとしての幻境世界の徴表であるが、その明るさそのものが仏の絶対知の世界の絶対実現を予兆とし
て孕んでいると言ってよいのである。

なお補足しておけば、花の「色」の予兆の意味合いに関して、次のような歌がある。

尋花欲菩提

花の色の雪の御山にかよへばや深き吉野の奥にいらるゝ　(聞書集・六三)

題の意は「花を尋ねて仏の絶対知の実現を願う」であり、歌意は「花の色が、釈迦仏が過去世に雪山童子として
菩薩の行をした雪山の雪の色に通じているからだろうか、深い吉野山の奥に自然と分け入って行かれるのだ」であ
る。

「吉野山」の花に現出する幻境世界の「花の色」は、仏の前身たる菩薩の領域の現出を喚起させるものである。
さらに、その領域の現出は「菩提」という仏の絶対知の絶対実現を予感させ願望させるものである。即ち、「花の色」
は菩薩の領域を映現するもの、その意味で菩薩の領域の形象の明るさと同質的なものであるとともに、その領域に

おける仏の絶対知の世界の絶対実現の予兆の意味合いを持っているものなのである。

さてそうすると、紫の花の「色」は、以上のことから、「普賢菩薩」の領域において「普賢菩薩」がその絶対知へのなぞりの対象として捉えるべき花の形象を彩る明るさの一つであると言える。言い換えれば、紫という形象の明るさの表象において、「普賢菩薩」の領域において仏の絶対知の世界の絶対実現の予兆(「聖衆来迎」という仏・諸菩薩の到来の前兆はこう解することが出来る)が感得されるのである。そしてそういう予兆や前兆を含み込んだものとして、その明るさ全体に「普賢菩薩」の「真相」が顕現するというわけなのである。

紫の「色」は「秋の色」である。「秋」は「さまざまのあはれをこめて梢吹く風」(山家集・秋・二五四)として語られるものだ。「秋の色」は「あはれ」という移ろいやすいものにおける一瞬の明るさの横溢として幻境世界の「さまざま」な形象に現れている。紫の「色」という明るさはその諸々の形象の色彩の基調として全体に広がり、諸々の色彩は紫の「色」という明るさに色調を同化させている。譬えて言えば、秋の夕暮れの日没後の一瞬間だけ山海の光景が紫色の光に変ずる様である。その一瞬の明るさを透かして、「普賢菩薩」の領域は仏の絶対知の世界の絶対実現の近接の予兆に震える。その一瞬の明るさ全体に「普賢菩薩」の「真相」がそれとして出来しているのである。

六　「色」の現れを捉える絶対知としての「心」の様相

さて、「紫蘭」の紫という明るさが「普賢菩薩の真相」であるとは、その形象の明るさの現れそれ自体が「普賢菩薩」の本質を顕わにしているということだ。[23] これはどういうことか。

まず紫を含めて色彩としての明るさそのものの現れは何によって起こるのか。「心経」の歌によれば、幻境世界の形象の明るさをそれとして捉えるのは菩薩である。菩薩はその「心」において明るさを形象の相において捉え、仏の絶対知の世界の絶対実現に到るのだが、形象の明るさを捉える時、まさに明るさとともに形象そのものがその「心」に現前していなければならない。「心」への形象の現前をもたらすのはまさにその形象を捉える菩薩の「心」の作用と言う他ないであろう。

そこで仏・菩薩を踏まえつつまずその「心」について一寸見ておくことにする。次のような歌がある。

三界唯一心　心外無別法　心仏及衆生　是三無差別

ひとつ根に心の種の生ひいでて花咲き実をば結ぶなりけり　（聞書集・四〇）

題は「三界は唯一心なり、心外に別法なし、仏及び衆生、是の三差別無し」と訓ぜられるものである。歌意は「一つの根の上に心の種が生まれ育って、花が咲き実を結ぶのだよ」である。

題について言えば、全体は一つの偈頌であるが、前半の「三界唯一心　心外無別法」は『華厳経』の大意をまとめた句であり、後半の「心仏及衆生　是三無差別」は同経「夜摩天宮菩薩説偈品」における「力成就林菩薩」の説偈の内にある句である。(24) この偈頌自体は日本で作成せられたものであり、「如心偈」と呼ばれ一般に流布したものである。題全体の大意は、全世界（「三界」）は「一心」において存しているのであり、その「一心」に関して「心」を離れて独立して存する事物・事象（「法」）はなく、また「心」と「仏」と「衆生」との「三」つには差異はない、というものである。即ち題は全体で仏の絶対知の世界を表わしており、仏の絶対知としての「心」は全世界をその「心」に取り込んでおり、しかも全世界を取り込んだ絶対知そのものと仏と衆生とは一体となって溶解している（「三無差別」）、というものである。

歌の内容は、一つの「根」から植物が「生」じ成長し「花」を「咲」かせ「実」を「結ぶ」ように、「心の種」が成長し仏の絶対知の世界の絶対実現という「実」を結実させる、というものである。

つまり、仏の絶対知の世界たる「心」に関する題を受けて、それを絶対実現に到る「心の種」の成長と結実という謂わば発展の系列によって表わしているのである。成長と結実において、「種」も「実」も全世界を取り込む「一心」の「心」であることには変わらないのであり、逆に言えば変わらない「一心」が「種」や「実」として全世界を取り込みつつ具体的に展開している、というわけである。つまり仏の絶対知たる「心」が「根」において実現するとともに「実」においても実現しており、そのそれぞれの仏の絶対知の実現が発展的（つまり相似形が実物に漸近的に一致して行く有り様――実物が溶解なら相似形は溶解しつつある状態として表象しうる――）な系列をなしている、というものである。しかも付け加えれば、そのように「心」の発展系列を見る立場自体は仏の観念へのなぞりとして、およそ同じ「心」の発展系列の「実」の位置にあると考え得る。そうした点からすれば、仏や菩薩は「実」や「花」としての「心」の発展系列の各々の位置に存立し、しかも発展系列全体を各々の観点から認識している者と言ってよい。なお、仏・菩薩ではないその他の「根」や「種」に相応する位置もまた同じ「心」の実現として存する以上、その位置においても「心」の全発展系列を、仏・菩薩の位置からの認識に完全に一致しはしないが、しかしそれに相似する認識において認識していることになる、と考え得る。

そうしてみると、「心」そのものは、全世界を取り込んだ認識を個々の各位置としてなし、且つ個々が発展系列を構成しながらその系列の各位置において系列全体を捉えている、その様な認識をなしているものという事になる。なお、「心」の全世界の取り込みについて言えば、全世界を取り込むことで「心」は「心」たりえていると言ってよく、「心」は自ら取り込んだ全世界という対象において自らを具体的に存立せしめていると見做してよい。

そうすると、「心」そのものは取り込んだ全世界という対象を現前させるものとして各位置において具体化しており、その具体化した「心」の発展系列全体を系列の各位置の具体化した「心」そのものが見ている、ということになる。発展系列全体を見る処において、「心」そのものは「心」の各位置における全世界という対象の現前を介した各位置の「心」の具体化としてあるとともに、各位置における全世界という対象の現前が連なる系列全体の現れと「心」の系列全体を見るのである。その系列全体を見るということ自体が、また「心」そのものの具体化だと考えることが出来る。つまり、発展系列全体を見る処において、その「心」そのものは対象の系列全体の現れ及び各位置の具体化した「心」の系列全体の現れを見ることを通して自ら具体化している、と言うことが出来る。まとめて言えば、「心」そのものは各位置の対象と「心」及び両者の系列全体の成立乃至はその成立した事柄への認識の成立によって自己を具体化しているということである。

各位置における対象の現前を介した「心」の具体化は、各位置における自己認識の具体化したものでもある。「心」は対象を認識するとともに、対象を取り込む「心」自身を認識するからである。このことを踏み込んで言えば、「心」は対象を自己へともたらす対自的在り方としてあり、「心」はその自らの対自的在り方自体を対象の現前において対自化するということである。つまり「心」は対象を自己へともたらせ現前せしめることによって、その対象を介して対象をもたらす「心」自身を認識するのである。この「心」の自己認識を系列の点で言えば、対象の系列はその「心」の系列でもあるのだから、対象の系列への認識は「心」が系列としてある「心」の各位置の対自の対自を対自的に透見することでもあるのである。なお以上の意味で、対象への認識と自己認識とは成立が同時同在的であると言えるのだが、ともかくそうした対象への認識の成立において、任意の各位置における透見する「心」の自己への認識が具体化しているのである、と言えるものである。

そういう次第で、この作品から分かるように、「心」は全世界を取り込んでおり、しかも仏・菩薩その他はそういう「心」の系列の各々の位置において存し、なお各々の位置の「心」は、自らの取り込みとしての対象及び自己及び両者の系列全体とを対自的に透見している、ということになるのである。

さて戻って、そうだとすると、形象の「心」への現前は「心」への全世界の取り込みにおいてある、形象に即して言い換えれば、形象は形象の対自化として「心」の中において、全世界を透かして現前して在るのであり、しかもその「心」は形象を「心」の中へと現前させることによって自ら具体化しているのである（なお且つその具体化した「心」が系列をなしているのである）。言い換えれば、形象の現前は、具体化した「心」の対自的認識の作用、具体化した「心」の対象及び自己認識の作用によって成立するということである。

そこで、菩薩の「心」に現前する形象の「色」としての明るさの点について言えば、その明るさは、菩薩による対象及び自己認識の作用が形象を現前せしめた処において、形象とともに形象の側に現れるものである。その明るさとは、より踏み込んだ言い方をすれば、菩薩の認識の作用の形象からの謂わば反射の射影に他ならない。

その形象の射影の明るさが菩薩の「心」の内部を照らす時、仏の絶対知が呼び起こされ、「心」は対象及び自己の真実相へのその絶対知の認識をなぞり、更にその結果として仏の絶対知としての「心」が結実する、となるのである。明るさを現れさせる「心」の対自的作用は、その点で結果的に仏の絶対知をなぞる「心」と仏の絶対知たる「心」の絶対実現とを形象の現前を介して切り結ぶものでもあるのである。

さてそこで、「紫蘭」の紫の「色」としての明るさが「普賢菩薩の真相」であるとは、「紫蘭」という形象の現前とともにある紫という特定の明るさの現れが「心」の全世界への対自の作用の射影として成り、その射影としての現れに照らされることによって「普賢菩薩」の位置における「心」そのものの本質が顕わになるということに他ならないのである。このことは言い換えれば、系列の位置における「普賢菩薩」自身の対象及び自己認識の有り様が形象の射影において具体化し、その射影に反照せられて「普賢菩薩」は自己内省的に自己の本質を捉えるのである。逆に言えば、その自己内省的な認識の有り様が形象における反射の射影を介する形で自己反照的に具体化しているということなのである。

その本質とは「紫蘭」の形象を対自化し且つその対自の対自としての自己が系列をなして存しているということである。そういう対自として自己の本質を「普賢菩薩」は自己内省において透見的に認識するわけなのである。だから「紫蘭」の「色」が「普賢菩薩の真相」であるとは、「紫蘭」の「色」を介した本質としての自己の位置の「心」の「真相」の射影の反照による顕現であるとともに、その「心」による「心」の「真相」への認識の具体的な成立を意味するものでもあるのである。言葉を換えて言えば、「紫蘭」の「色」とは「紫蘭」を現前させる自己の対自としての認識の本質に他ならないのであり、「普賢菩薩」は「紫蘭」の「色」において「紫蘭」を現前させる自己の認識の本質を見出すわけである（なおこの自己の認識の本質への認識を他の菩薩との対比として言い換えれば、菩薩一般の自己の本質認識自身をその認識の本質において捉える認識、即ち一般の菩薩の位置への対自的認識、透見的認識と言ってもよい。しかもその認識が菩薩――この場合「普賢菩薩」自身――と仏を結果的に切り結ぶ媒介となっているのだということにもなるのである）。

さてその「紫蘭」の「色」を介した「普賢菩薩」における自己の「心」としての認識の本質への自己内省的認識の具体化において、仏の絶対知の世界そのものの絶対実現（「聖衆」たる仏・諸菩薩全体の来迎）の予兆がその本質への認識者、つまり「普賢菩薩」において捉えられるのである。言い換えれば、仏の絶対知の世界の絶対実現への透見的な予感である。予兆は「にほひ」で述べた気配及び磁力に対してより強度な働きとして感得されるだろう。「にほひ」は「花」に到る手前にあるからであり、しかも紫の花は「花」よりもなお仏に近いものであるからである。「普賢菩薩」においては、「紫蘭」の紫という「色」としての明るさの現れにおいて「にほひ」や「花」よりなお強度な磁力が感得されているのである。

七　絶対知に極限的に近似した「普賢菩薩」の純粋な意識へのなぞり

さて、以上を踏まえれば、前に述べた「普賢菩薩」の「功徳」たる「にほひ」としての磁力は、「真相」に存する「心」の作用によって結果する「普賢菩薩」としての自己内省的認識と、その認識の結果としての仏の絶対知の世界の絶対実現との系列的な因果関係を、「紫蘭」の「色」の現われ以前において、謂わば遠い予兆（「紫蘭」の明るさの予兆に相対して遠い）として含み込んでいるものである。それは「紫蘭」の「色」の現れの手前ではあるが、仏の絶対知の世界の絶対実現の磁力という点において「紫蘭」の「色」の結果する認識の作用を少しく内包せる働きと言ってよいだろう。内容上その働きは、「真相」にある認識作用に相似した作用と見做してよい。

この働きを一旦介して「紫蘭」の「色」の現われと「真相」への認識及び仏の絶対知の世界の絶対実現への強度の近接の予兆が実現するのだ。「功徳」を端緒とすれば「真相」への認識および強度の予兆はその結論である、という言い方をしてもよい。「功徳」としての「にほひ」は「色」の現れを促し、「色」の現れは「真相」への認識を結論的にもたらし、その結果において仏の絶対知の世界の絶対実現が結実するのだ。

「普賢菩薩」は「功徳」のより遠い予兆から「真相」認識における結実のより近しい予兆を認識している。遠い予兆の感得はそれ自体としては「普賢菩薩」の認識とは直接的且つ完全には一致しない。認識の在り方の点で言えば、一般の菩薩乃至は仏・菩薩以外のものの位置における認識の在り方と言ってもよい。しかしそれらの位置の認識が「普賢菩薩」の認識を遠く予感させるのだ。「普賢菩薩」の認識はその位置の当事者にとって、絶対実現に究極的に近似した認識の予感として捉えられる。言い換えれば、自らが「普賢菩薩」として認識することへの予感である。この予感によって、自らは「普賢菩薩」とは系列の位置において直接的且つ完全には一致しないが、自らは「普賢菩薩」の前の位置にあることを確認するわけである。そしてその確認において、その前の位置における認識が実は「普賢菩薩」の認識に須く認識されたものであることを認識するのであり、なお遠く「普賢菩薩」を介して、自ら絶対実現に達することの予兆を含み込んでいることを予感するのである。

ところで補足的に言えば、西行において（花の）「にほひ」や（紫の）「色」が「普賢菩薩」（の「功徳」や「真相」であるとして）に関わる観念として特定的に結合されるのは述べてきたように用例的に明らかであるが、そもそも結合は諸経典等における観念の仕様に基づくと言ってよい。『法華経』系諸経典、浄土教系諸経典等においては、仏・菩薩の存する世界は花等の馥郁たる香気や紫等の絢爛たる色彩に溢れていると到るところで説かれている。なお花の香気と色彩は仏・菩薩の世界の荘厳を表わすものである。西行はそうした観念へのなぞりを下敷きとして「普賢菩薩」の領域を観念の有り様として捉えるのである。「普賢菩薩」の領域はそういう諸観念によって暗々裡に意味付けられた観念の領域として存立しているのである。

さてそうしてみると、「普賢菩薩」とは、諸観念による香気や色彩の特定という条件を別にすれば、まさしくその観念の内実として仏の絶対知の世界の絶対実現に究極的に近似した対象の現前をもたらす対自の作用そのもの、及び内省的な自己認識の作用そのものを有するものだと言ってよい。しかもその作用は、各々の位置から絶対知の絶対実現に向かうその最終的位置を反映するような、極限的な形での作用であるのである。

つまりそれは西行にとって、絶対知へのなぞりにおける、そのなぞりそのものの究極の形態において出来する認識作用であり、絶対知の絶対実現に究極的に近似した意識の極限的な作用であると言ってよい。謂わば対象及び自己認識の本質への内省的認識に関するごく純粋な意識と言ってよいだろう。仏以外の系列の各位置はその意識のある意味での限定態であり、各位置は自らの限定を漸次乗り越えることによってより純粋な意識へと到らんとするものである、と言ってよいだろう。

西行はそういう意識の観念を、「普賢菩薩」の観念へのなぞりにおいて捉えるのである。捉える時、西行自身の自意識はまさに「普賢菩薩」の「功徳」「真相」をそれとしてなぞり認識する処に存している。即ち、それは「功徳」において遠い予兆を捉え、なお「真相」を見出す処において近しい予兆を捉え、しかも両者が「普賢菩薩」のそれだと見做し得る地点である。この地点は「普賢菩薩」の認識をなぞり自ら「普賢菩薩」として認識する処だと言う他はない。つまり西行は自ら「普賢菩薩」の認識をなすことによって、言い換えれば「普賢菩薩」の認識に相等すべき処に異様な自覚的緊張において立つことによって、現今の一回性における仏の絶対知への究極のなぞりとしての認識と投企を絶対的に試みんとしているのである。

絶対的一回的な認識と投企は「行法」のなぞりを介してなされる。「行法」とは謂わば「普賢菩薩」が絶対知をなぞる活動を観念として表現したものと言ってよいだろう。「普賢菩薩」はその「行法」に表現されたなぞりよってその認識と領域を獲得したのである。西行はその「行法」として表現された絶対知へのなぞりを「普賢菩薩」によるなぞりとして自らなぞり、自ら「普賢菩薩」として、現今において絶対的一回的な認識と投企を試みるのである。

八　「普賢菩薩」へのなぞりを介した根拠の解明

西行は現今への絶対的一回的な認識と投企を試みるのだが、その場合において、西行はまさしく眼前の「楊梅」の「にほひ」と「紫蘭」の「色」に直接接し、事物を直に見んとするのである（なお「春」と「秋」の時間の差は、一回的な認識と投企が、一回的であるにも関わらず繰り返されたことを物語っている。このことは今まで度々述べた絶対的完結の相対への転変によってかくなるのである。この時間差の点は暫く措いて、ここでは事物認識と幻境世界の認識に一元的に絞って見てみることにする）。

「普賢菩薩」の観念へのなぞりは、ごく純粋な意識によって事物を認識することを促すのである。

ところで、この「楊梅」「紫蘭」は西行自身にとってのみならず、諸経典においても極めて珍しい植物である。前に述べたように、事物自体はありふれたものだが、それらの植物は歌の表現世界同様に諸経典及び諸仏教書にはまず登場することはない[25]。それは事物としては殆ど偶然的に選ばれたものと言ってよい。しかも偶然的対象でありながら「にほひ」や「色」といった経典観念の色合いが一旦介入してもいる。即ち西行は観念をなぞり、そのなぞりの上に立って、偶然的に見つけた対象そのものへと迫ったのである。そしてその対象は幻境世界の現出において再び観念の色合いが合流されたものとなるのであり、その幻境世界の対象の現出において「普賢菩薩」の「功徳」「真相」として語られるごく純粋な意識に接しその意識と相等する意識に自ら立脚したのである。

「普賢菩薩」の観念へのなぞりは西行をして偶然的対象への究極的な衝迫へと向かわせる。既存の「普賢菩薩」

に関わる「にほひ」「色」の観念の言及対象（花・紫雲）を眼前の事物そのものにおいて直接捉えんとせしめるのだ。ごく純粋な意識の観念が西行をして自らごく純粋な意識たらんとせしめ、「普賢菩薩」の認識における対象を眼前の事物そのものにおいて捉えんとするのである。即ち「普賢菩薩」が対象を捉えたように自らもまたごく純粋な意識として事物そのものを見んとするのである。

「普賢菩薩」の観念へのなぞりは、その形象や表象が対応する具体的なるものへの西行の志向に基づく。具体的な有り様としてある事物への認識を介することなくして西行にとって絶対知は全くの絵空事である。絶対知は現存在たる自己の根拠を絶対的に認識するからこそ西行にとって意味があるのである。だからこそ、表象や形象を有する「普賢菩薩」の観念が意識の観念としてなぞられたのであり、なお一回的な認識や投企を導くものとしてなぞられたのである。

なお、偶然のものへの衝迫という点に限定して言えば、偶然なる対象の存立は、衝迫するまさにその時において経典等における普賢の領域に関する伝統的諸観念、或いはその領域のみならず歌や経典の表現世界全体の既存の観念自体が解体せられているということを物語っている。このことは観念をなぞりながらも、観念の形象や表象に対応するものを捉えながらも、西行が事物そのものへと自己を絶対的行為として外化していることを証するものであると言ってよい。

そうした既存の観念を拒絶して、西行は現実経験の世界における現前の事物そのものへと迫る。既存の観念の世界に一旦依拠しそれをなぞりその対応物を目指しつつ、ごく純粋な意識たらんとして、ごく純粋な意識において根拠を絶対的に見んとして、それ迄の相対的に安定し完結した観念の世界全体を拒絶し事物そのものへと迫るのだ。

根源的欲動（即自としての「菩薩」の誓願）が西行を押し上げている。

その時、西行の眼前に事物そのものの知覚がよぎる。そこにおいて自意識は一瞬において存在の境域の中へと転じ、意識は既存の観念や観念化された事物としての対象――ごく純粋な意識たらんとすれば、経典等の諸観念のみならず、一般的な世俗世界の諸観念をも拒絶するだろう――が存立する現実経験の世界の向こう側に事物そのものとしての知覚そのものの世界（存在の境域と即応している根拠そのもの）を発見するだろう。ごく純粋な意識はその世界を縦横に巡る。巡る時、なぞった観念の言及した徴表（花の香気・紫雲等々）へと意識が方向づけられ、ごく純粋な意識はその徴表を眺めながら同時にそれに極度に拮抗しつつ、既存の観念ならざる事物そのものへと一致せんとして向かうだろう。そこにおいて、既存の観念ならざる偶然的に在る事物の心像が徴表とともに関心の焦点となるのである。ところがそれは全くの偶然的に存する心像ではなく、徴表の色合い（「にほひ」「色」）とともにある心像である。拮抗するごく純粋な意識はその拮抗するという在り方を有し、自ら新たな次元を切り開きつつなぞった観念の色合いが染み透った心像を見るのである。

さてこの心像を捉えた時、ごく純粋に知覚そのものとしての事物と相対するだろう。そして知覚そのものに観念の色合いが固有の姿形（経典において「普賢菩薩」とされるごく純粋な意識が捉えた形象に対応する境域の側の構造）をとって浸透しているのを見るだろう。その瞬時における事物の実在感が、存在の境域の限りなく絶対に近い開示を告げるのである。根源的欲動がほぼ完璧な在り方で衝迫を遂げるのである。

そしてその回折が速やかになされるのである。そのことによって意識はかつてない実在感をもって現出する幻境世界を見るのである。観念の色合いが存在の境域において浸透した残滓を持つ形象の現前をありありと見るのである。即ちここに意識がごく純粋な在り方で存在の境域から自己意識としての発生を遂げるのを、つまり幻境世界の形象の現前及びその香気と色彩において、自己意識そのものの発生が今ここで遂げられるのを認識するのである。そしてその香気と色彩を通して、自己の根拠そのものとしての存在の境域が明るみへともたらされるのである。

その認識が成る時、観念が介されているのであり、眼前には「楊梅」「紫蘭」の形象が表象とともに現前し、それを介して根拠を見る己れは「普賢菩薩（遍吉）」として存立しているのである。ごく純粋な意識が「普賢菩薩」の自意識として、形象の現前において自己の「功徳」「真相」を、根拠そのものからの働きと根拠そのものの明るみへの証示において認識する事態が成立するのである。

「普賢菩薩」としての自意識は、現前する対象において自己の「功徳」「真相」が根拠そのものの側から到り、根拠そのものへと向かう根源的欲動としてあるのを、対象の現前において具体化するその根源的欲動の回折の有り様を介して、極度の明瞭さにおいて認識する。

その時「普賢菩薩」としての自意識は、透見的に菩薩の本質をも捉えているのである。つまり、根源的欲動を誓願という意志として対自化する菩薩の認識が、まさしくその意志によって根柢的に成り立っているのを対自的に見ているわけなのである。

その菩薩の認識の本質への対自的認識を自己の「功徳」（遠い予感を伴う）として捉え、且つその対自的認識そのものが菩薩の認識の本質としての根源的欲動そのものから成り立っている、またその根源的欲動そのものが根拠そのものから成り立っているという、そういう自己の「真相」（近しい予感を伴う）を、極限的な明晰さにおいて認識しているのである。

ところがここで、自意識はなおも自意識としてそういう極限的に自己の「功徳」や「真相」を見る「普賢菩薩」としての自己を対自的に取り込むのである。対自的に取り込むからこそ現前する対象がごく純粋な意識としての存在の境域からの転化としての〈自己〉の〈働き〉や〈根拠〉ではなく、「普賢菩薩〈遍吉〉」の「功徳」や「真相」であると見做すことが出来るのである。言い換えれば、単に「普賢菩薩〈遍吉〉」として〈自己〉の〈働き〉や〈根拠〉を見たのなら、現前する対象は当の〈自己〉の〈働き〉や〈根拠〉であって、「普賢菩薩〈遍吉〉」の「功徳」や「真相」という自らなぞっている観念を介する必要はないであろうからである。

自意識は「普賢菩薩」の観念へのなぞりにおいて、その観念の内実が言及するごく純粋な意識における存在の境域からの転化において〈自己〉の〈働き〉や〈根拠〉を認識し、そういう〈自己〉の〈働き〉や〈根拠〉を認識する自己を更に「普賢菩薩」の観念によって捉え直し、そういう自己認識の有り様そのものを「普賢菩薩」におけるその菩薩によるその菩薩自身の自己内省的認識として対自化し、現前する対象において「普賢菩薩」の「功徳」や「真相」が具体化するというふうに見做しているのである。

この対自化こそが、「普賢菩薩」へのなぞりによって可能となった自意識そのものによる仏の絶対知へのなぞりによる認識なのである〈働きや根拠そのものを観念によって捉え直し、観念において明るみへともたらすのである〉。

九　「普賢菩薩」への対自化の重層

さて前節冒頭で一寸述べた時間差の点について触れておこう。西行は「普賢菩薩」を介した絶対的一回的なぞりを繰り返しているのである。つまり内容的に言えば、「普賢菩薩」へのなぞりを介して絶対的一回的な認識と投企がなされたのだが、それが相対へと転変し、また再び「普賢菩薩」のなぞりを介して絶対的一回的な認識と投企がなされ、それがまた相対へと転変し、それらが各々対自的に表現されているわけなのである。

その対自化の視点は、「普賢菩薩」を取り込み対自化するという、仏の絶対知をなぞった各々の認識を反芻する地点にある。その地点において各々の一回的な完結を俯瞰し反芻しており、自らの仏の絶対知へのなぞり自身を対自化しているのである。

その点で言えば、「普賢菩薩」に関する表現としての完結は実際上は二回なされたのだが、その二回の完結を対自化してもう一度完結せしめていると言ってよいのである。

ともかく、「春」「秋」の時間差は各々の認識や投企が反芻され、各々が対自化されて表現されたものと言ってよいのである。

さてそうしたことからすれば、「春」に「楊梅」の「にほひ」があり、「秋」に「紫蘭」の「色」があり、それぞれが「功徳」から「真相」へと次第に仏の絶対知の世界の絶対実現へと予兆・予感が深まって行くと見做しているのは（なおそのことが「遍吉」という別称つまり特殊なものから、「普賢菩薩」という一般名称つまりより普遍的なものが実現して行く過程でもあるように見做していることでもあると言ってよい）、そういう各々を対自化する地点から完結の相対への転変を俯瞰的に捉え、その転変が絶対実現へと漸近しているのだという認識においてなされたものであることを示している。

その絶対実現は、まさに絶対的完結をなす、その対自化としての俯瞰における、その投企としての絶対的完結の瞬間なのである。つまり漸近は現今に対自表現をなす自己のこの瞬間へと漸近しているのである。その完結の瞬間においては、前の完結は後の完結へと対自的に取り込まれ、両者が思い出として累積し、その累積がなお対自化されているということになるのであり、更にこのことは、予兆・予感を伴う「普賢菩薩」の対自の対自として、自らの根拠認識の完結の全ての系列とそれを思い出として見る自己が一挙に対自的に顕わになることへの究極の近しさとして感得せられているということでもあるのである。

以上の点を踏まえて、ここで当該詞書の内容を言い直してみれば、まず菩薩の認識（根源的欲動を意志として対自化する認識）の本質を「功徳」として対自化（前節中で述べた如く、内容上「功徳」の何たるかを対自的に捉えていることになると言ってよい）する「遍吉」を自己の「真相」として「普賢菩薩」が対自化しており、その「普賢菩薩」を西行が絶対知へのなぞりとして対自化し、なおその対自化の認識を更に〱思い出において西行が対自化している、という話になる。その思い出における対自化は、前の完結たる「遍吉（根拠の対自の対自）」の対自としての自己と「普賢菩薩（根拠の対自の対自の対自）」の対自としての自己とを二つながら対自化した認識である。そしてその認識自体が絶対知へのなぞりと言ってよいのであり、そこにおいて西行自身の自己の根拠が、「普賢菩薩」の「心」を対自の対自として取り込んだ自らの「心」の、そのさらなる対自としての「心」の系列の全体において明るみへともたらされ、各位置が西行のその認識をなす現今の位置へと漸近し、そしてその漸近が絶対知の絶対実現の究極の近しさを感得させている、ということになるのである。

十　絶対知の絶対実現の瞬間

さて西行は、過ぎ去り消えてしまった「普賢菩薩（遍吉）」の幻境世界の二回の現出と完結とを思い起こし、その思い出を反芻し、反芻において投企したのである。完結はしかしここまで来てまたしても相対へと転変したのである。西行はその時深いく〱嘆息をつくのである。そしてそういう自分を見つめ、その自分についての対自表現を始めるのである。消えてしまった幻境世界の二回の現出と、自らの完結への対自的完結の転変と嘆息をつく自己とを、あと一歩だけ、もう一歩だけ絶対的完結へともたらさんとするのである。

それが詞書の後に置かれた歌の表現なのである。

歌を再掲しよう。

野辺の色も春のにほひもおしなべて心そめけるさとりにぞなる

表現は述べてきた二つの「普賢菩薩（遍吉）」の幻境世界の光景の各々の対自的表現を対自化した表現である。二つの幻境世界の光景が一つの幻境世界の光景として俯瞰的に見られているのがよく分かる。

幻境世界において自らは「遍吉」・「普賢菩薩」をなぞり且つ各々を取り込み、「野辺の色」と「春のにほひ」という各々の幻境世界の対象を「おしなべて」つまり全体として認識し、且つその一つの幻境世界に現前する対象を介して自己の「心」の本質の認識そのものを対自的に認識しているのである。そしてこの認識は絶対知へのなぞりとしての認識であり、この幻境世界が「さとりに」なるという絶対知の絶対実現のぎりぎりの直前であることを捉える認識でもあるのである。

表現に即せば、「野辺の色」とは「秋」という時間性（表象を通じて現出するもの）を空間表象自体の中に含意させたものだ。この空間表象は「秋」の季節的限定における全空間に関する表象と言ってよい（紫の「色」が全体を覆う）。「春のにほひ」もその対比として同様に「春」という季節的限定における全空間の表象と言ってよい。「野辺の色（空間表象）」と「春のにほひ（時空両方を表わす）」の対比表現は「野辺の色」という空間性を際立たせるとともに「春のにほひ」における「春」という時間性を際立たせる。

「野辺の色」と「春のにほひ」の現出において、「秋」という時間性は「野辺」の空間に含意されてはいるが、その現出においては「野辺」という空間そのものとして空間化されて現前している。つまり「秋」という時間性の観念が言及する一定の時間感覚が現れず、「野辺の色」という（本来秋を示すべき）色彩だけが現前している。無論この空間表象は「秋」という特定の季節を含意するのだが、この場合「秋」の語を用いず、それに対置させる「春」のみ使用し、敢えて「野辺」という空間的位置を表わす語を使用する点において、「秋」という特定の時間感覚が消し去られている。「秋」の空間表象だけが現れ「春」の特定の時間感覚との対照が生まれ、本来立ち現れるべき時間差の感覚が消えているのである。しかも時間は「春」において在るのみである。即ち「春」において時間は静止し永遠がそこに現出していると言ってよい。そうすると「秋」の時間感覚が現れないのだから「春」「秋」の時間的差異は撥無され、「野辺の色」という空間表象に「春のにほひ」としての空間表象が時間的差異無く重複し、しかもそれが永遠の在り方で現出しているということになるのである。

自らの認識はそういう空間全体と時間的永遠を「野辺の色」と「春のにほひ」の表象において一挙同時に俯瞰しているのである。

なお、永遠における重複は「春」「秋」の表象各々が同時並列的に差異を持って現前するということなのではなく、両者が同一的に重複して現前する在り方で成立していると言ってよい。表象の重複は「春」のそれから「秋」のそれへではなく、「秋」から「春」へと移っている。しかし「春」へ移った表象はまた「秋」の表象へと転じ、「秋」は「春」へと転じ続けるのだ。しかも両者の表象が全空間的に一挙に現前するのだから、同一空間上に「色」と「にほひ」の二つの表象が相互に浸透し合って現出し、その浸透し合う表象を通して季節全体は永遠の「春」として顕わになっている、ということになるのである。

この光景において特殊なる偶然的対象の形象は消え去っている。「楊梅」「紫蘭」は語られず、眼前には時空の総体という全体が直接現出しており、その全体が「春」と「野辺」の表象に覆い尽くされているのだ。「にほひ」「色」を誘発し全体を映し出していた特殊なる対象の形象は眼前から消え去り、全体の表象そのものの側へと浸透し尽くしていると言ってよいだろう。形象はその影を留めずわずかに時空が「春のにほひ」と「野辺」の色彩を漂わせている。

「普賢菩薩」もまたそういう時空の総体の現出の中に浸透し、総体において限りなくそれ自らの認識内容を示し出し続けている。自意識はそれを取り込みながら自己の根拠そのものを絶対的近しさで捉えているのである。根拠そのものを顧みれば、対象と自己の系列が透見的に対自化された処において、対象と自己の各々が根拠そのものを明るみへともたらせているのだ。その透見への透見において対象と自己とその両者を見る自己とが謂わばほぼ透明に浸透し合っているのである。即ち幻境世界の時空の総体が自意識としての自己の根拠そのものをほぼ絶対的に明るみにもたらせているのである。

「おしなべて心そめける」とはまさにその出来事を、思い出として深い詠嘆のうちに捉えたものだ。詠嘆の中で西行はその幻境世界に連なる対自化の果てしない系列を見つめている。系列の中に幻境世界を介して根拠を認識する数多くの自己像と、完結を反復し続け内省の不完全性を負った孤独な逆立としての自己像とが歴々と佇んでいる。自己像には無数の人々の孤独な像が宿っている。孤独な人々の像を宿した孤独な自己像は、自己の根拠を歳月の中で繰り返し問い続け、仏の絶対知の世界をなぞり続けている。その果てしない内的な歴程そのものが映し出され、歴程は「普賢菩薩」を映現し続けている。

歴程の内実は原初から繰り返されている。原初に絶対知の完結とその相対への転変が在る（第三章で述べた如く初源の表現を円環として意味づけている）。その完結と転変へのなぞりとともに、様々の徴表と相似形を介して絶対知をなぞり幻境世界を介した根拠認識を経験し内省し続ける孤独な自己像がいるのである。そして自己像は相似形とともに逆立からその逆立へと回転し続け、完結と転変の度毎に未在即ちすぐ直前にあるべき仏の絶対知の世界の絶対実現へと漸近する予感を深めているのである。そして「普賢菩薩」は予感という様相の裡に各々の自己像の位置に到来し続けているのであり、各々の位置における回転する形象と相似形においてその自己像の根拠を明るみにもたらせ、その明るみの導きによって回転する自己像は自らの根拠を認識し続けているのである。

そうした思い出の果てしない累積を眺めつつ、西行はその累積を透かして先程の幻境世界の思い出を見るのである。そして全ての思い出の累積と自分とが「普賢菩薩」とともに溶解しつつあることをまた捉えるのである。

その時、自らは自己の意識経験の全てが、幻境世界へと対自化された純粋な知覚の遍満する存在の境域の働きに包摂され、一切の形象の姿形が透明に融即し合い、そして原初と未在が絶対的に結合し、自己の根拠そのものが絶対的な明るみへともたらされる、そのことが絶対的に実現することへの激しい予感に染まるのである。仏の絶対知の世界の絶対実現がすぐそこに感受されているのである。

「心そめけるさとりとぞなる（「ける」で一旦句が切れる――四句切れ――）」とは、溶解して行く一切のものの対自表現なのである。

西行はそういう感受とともに一切の思い出を深い詠嘆とともに眺める自己を捉え、対自化し、そしてそれらを今まさにこの瞬間に、表現世界に投企し絶対的完結をなしているのである。

絶対的完結として投企せんとするその時、表現世界そのものは西行自身の自意識の内部へとほぼ浸透しつつあるであろう。そして表現する自己は、仏の絶対知の世界の絶対実現に限りなく近接する理想的菩薩としての「普賢菩薩」の姿の逆立像として、その瞬間のぎりぎりの直前に立っているだろう。

なお、この作品が西行の『山家集』という作品集の掉尾なのは、今なした絶対的完結の今一度の相対への転変を対自化し、最終的な絶対的・絶対完結を試みんとしたからである。自らの完結の一切の思い出がこの表現に対自化されたのであり、その対自表現を最終的に対自化し最終的な絶対的完結を試みたのである。その完結によって表現世界は西行の自意識の内部に浸透し尽くすのである。そしてそのことは西行にとって、自らの自意識における意識経験そのものが仏の絶対知の世界として、表現世界における常なるものとして存立し続けることを意味するものでもあったのである。

だがしかし……完結は相対へと転変して行くのである。

註

（1）大日との関連で言えば、大日の自己限定態としての「金剛薩埵」と同体とされるものである。「金剛薩埵」は大日の説法の対告者でもあり、如来の根本意を衆生に伝持する仲介者とされる。

（2）『観普賢菩薩行法経』大正蔵九・三九〇頁。

（3）煩悩による心身の罪障を仏菩薩に悔過（告白）し罪障の清浄ならんことを願い、菩薩の説く願文を唱える。

（4）六根懺悔は究極的には経典読誦に含まれるとも説かれている。即ち行法は経典読誦に一元化されるわけだが、行そのものの本質的主旨は仏の礼賛と懺悔である。

（5）或いは大日の対告者として仏に極めて近しい者。

（6）正式には『千手千眼観世音菩薩廣大圓満無礙大悲心陀羅尼経』（大正蔵二〇・一〇六―一一六頁参照）及びその縮刷版である『千手千眼観世音菩薩大悲心陀羅尼』（大正蔵二〇・一一五―一一九頁参照）をいう。

（7）『阿比達磨倶舎論第九』（大正蔵二九・四五頁）、『倶舎論光記第九』（大正蔵四一・一六〇頁）、『倶舎論疏第九』（大正蔵四一・五九四頁）等参照。
（8）『無量義経』大正蔵九・三八四頁。
（9）『千手千眼観世音菩薩廣大圓満無礙大悲心陀羅尼経』大正蔵二〇・一〇六―一〇七頁、括弧内は論者。
（10）護持すべき経典の内容や経典そのものの限定非限定の在り方は菩薩の性格に対応しようが、今は問わない。
（11）　草花得時といふことを
絲すすき縫はれて鹿の臥す野辺にほころびやすきふじばかまかな　（山家集・秋・二六六）
（12）八代集の内には「楊梅」及び「やまもも」の用例はないが、「ふぢばかま」の用例――「紫蘭」という表記のものはない――は十二例ある。
（13）『法華経』「普賢品」（「普賢菩薩勧発品第二十八」）の「普賢菩薩」は釈迦仏滅後の教法としての『法華経』を仏から対告される者であり、自らは行法としてその護持読誦を説き、又護持読誦する者へと現れその者を庇護し導く旨の誓いを立てる者である。
（14）『法華経』「普賢菩薩勧発品第二十八」第一章・註（16）下、三三四―六頁。
（15）『往生要集』、『源信』日本思想大系、岩波書店、七四頁。
（16）「功徳」の用例はこの詞書を含めて二例である。もう一例は『聞書集』の「法花経廿八品」歌中の「化城喩品」の歌の詞書（『聞書集』七）であり、『法華経』同品の「願以此功徳」以下三句が引用されている。
（17）註（15）、五三頁、括弧内は論者。
（18）『今昔物語集』巻十五第五十三（角川文庫『今昔物語集』本朝仏法部上、四八三頁）等参照。
（19）『後拾遺往生伝』十一（『往生伝・法華験記』日本思想大系、岩波書店、六四八頁）参照。
（20）『日本往生極楽記』四（前註、一九頁）や『今昔物語集』巻十一第十一（註（18）、五〇頁）には高僧（慈覚大師）の出生時に「紫雲」が出たという記載もある。
（21）「そめぬ」の「ぬ」を打ち消しと取る解釈もあるが、「心をそめ」るのは西行においては前に引いた「聖衆来迎楽」の如く否定的には見做されておらず、従ってこれは完了を表わしていると解さねばならぬ。

(22) 『般若波羅密多心経』(中村元編『大乗仏典』筑摩書房、三〇三頁) 参照。
(23) 西行の「真相」の用例はこの一例のみである。
(24) 後半の二句は、旧約『華厳経』巻十「夜摩天宮菩薩説偈品」(大正蔵九・四六五頁参照) にあるものである。
(25) 「楊梅」に関しては、調べた限り、成尋の『参天台五台山記』(島津草子『成尋阿闍梨母集・参天台五台山記の研究』大蔵出版、昭和三十四年、を参照した) に一例 (天台山で食した菓子としての記述——「楊梅」の実は当時国内においても菓子として食されていたとされる——) と、『宝物集』巻第四 (『宝物集・閑居友・比良山古人霊託』新日本古典文学大系、岩波書店、一五二頁) に「楊梅桃李のなつかしきにほひ」の例があるのみである。『宝物集』の用例は諸行の無常なる様を述べた文脈にあるものである。「紫蘭」の例も歌の世界において「ふぢばかま」とする以外は調べた限りない。

終　章

一　絶対知と諸観念

西行の思想を、自意識による仏の絶対知へのなぞりを根本とした宗教諸観念の取り込みとその表現の様を中心に見て来たわけだが、まず、絶対知と他の宗教諸観念及びその他の諸観念との連関について大筋でまとめておくことにする。

仏の絶対知の観念は、自意識の絶望を切っ掛けとして出来する絶対的願望による夢想、及びその夢想としての絶対的解明・安定乃至は絶対的覚醒に対応する観念であり、自己の根拠に関する〈問題〉の解明への意志において不可避的に志向されなぞられるものである。その絶対知は他の宗教諸観念（主体及び主体の認識対象）の各々を収斂すべく存立している。自意識は絶対知とともに他の宗教諸観念をなぞり、なぞりに即して様々な観念的形象（或いは表象や象徴）を取り込んで行く。なぞりと取り込みは、絶対的願望に淵源する意志に基づいてなされるものであり、具体的には事物・事象の触発を介した幻境世界に関する意識経験において展開されるものである。その展開の実際は、絶対知及び絶対知と相関する他の宗教諸観念へのなぞりとともに、他在（初源の発生の有り様を映し出す他在。以下同じ）の自意識において表現された形象の徴表を留める事物・事象を捉え、且つその事物・事象の触発を介して現出する幻境世界において、そこに現れる他在の捉えた形象を自らの夢想内部へと取り込むものである。その場合、自らが絶対知の主体としての仏乃至は相似としての菩薩たることによって、他在の自意識を介した諸形象を自らの主体における認識対象として取り込むのである。さらに絶対知の円環を擬することによって自他及びそれらの認識対象全体を内的対象として取り込むのである。なお、形象は宗教諸観念を喚起する観念として夢想内部に存立するのだが、このことは自意識の事物・事象への直接的居合わせに基づくものである。なぞられた宗教諸観念が居合わせを介して喚起する観念へと転化するのである。またそのなぞりと取り込みの展開は、絶対的願望に由来する点で、時空の変転に拮抗してなされるものである。しかし、拮抗は挫折するのであるから、従ってそれはその活動の実際上、変転を契機として含みながら変転を絶えず否定する在り方で繰り返されることになるものである。

さて以上のようななぞりと取り込みの展開は、内容的には、自意識自身の自己解明の実際の過程である。ところで、その解明の過程がなぜ他在の自意識を媒介して形成されるのかの点について言えば、他在の自意識による根拠解明を通して、その解明された根拠そのものを自己の根拠として捉え直さんとする為である。他在の自意識の取り込みによってその他在による解明の有り様やその可能性を捉え、且つその限界を捉え、その限界を乗り越え根拠そのものに迫らんとする為である。即ち、他在の媒介は根拠そのものの解明の具体的な導因及び指針として要請されたものである。そこで、この自己解明の過程は、他在自身における解明への自らによるなぞりとなるのであり、その場合の他在としての解明者は、原初の表現者（天孫達と見做しうる）の自意識がその端緒であり、普賢菩薩（をなぞる自意識）がその理想である。それらの他在が、現今に切り結ばれ収束さるべき既存と未在の両極の解明者として配置され、両極の中間に他の諸々の解明者が配置されるのである。その配置に伴い、各解明者が彼らの表現した形象とともにそれら解明者自身の自己像として仏・菩薩及び絶対知の円環へと取り込まれ実際の解明がなされるのである。そういうわけで、解明の過程は、そうした他在における解明への自らによるなぞりを介した自己解明の繰り返しになるのである。

さて宗教諸観念全般においては、主体を示す観念と、主体によって解明さるべき根拠を示唆する観念とがあるのであり、整理しておく（主体による認識対象——諸々の主体者は除く——の観念は、根拠を示唆する観念と主体が存する領域における事物・事象の観念とがあるが、後者は諸経典における事物・事象の観念——歌題・詞書に導入される観念——及びそれに置き換えられた類比の観念——和歌における観念——としてまとめておく）。

主体の側の仏に関わる観念は絶対的解明者についての観念を表わし、菩薩に関わるものは仏の相似形の解明者についての観念である。神に関わる観念は認識され解明さるべき根拠を示唆する観念である。本地垂迹の観念は、絶対的解明者の内実における絶対的解明者自身と解明さるべき根拠との関係を表わす観念であり、関係の内容は絶対的解明者による解明さるべき根拠に対する絶対的内包の様相を示すものである。

このような宗教諸観念は、他在としての解明者を取り込む主体の観念及び解明さるべき根拠についての観念である。さて他在としての解明者は具体的には人間であり、人間としての登場人物はそれ自らにおいて、仏・菩薩をなぞる具体的な解明者として登場する。

原初における初源の解明者は、人間の初源に直接的に位置する人間である。初源の解明者は根拠に対する人間としての端緒の解明者であり、謂わば最初に（その意味で純粋に）仏をなぞった者、つまり仏の相似形と見做されていると言い得る。初源の解明者に擬される表現者達は、この仏の相似に近しいもの、謂わば仏の相似の相似形と見做し得る。空海・行基は（仏をなぞる）菩薩をなぞる人間であり、仏の相似形としての菩薩の相似形である。彼らはなぞりによる解明、つまり仏たらんとして隠遁を徹底化した者である。能因は初源への志向の点で根拠の初源の解明者へのなぞりを志向し、初源の解明者に擬される者をなぞった者であり、その点で、仏の相似の相似の相似形であり、隠遁の徹底化への志向の点で菩薩の相似の相似と言える。言うならば、隠遁者として仏たらんとすべき菩薩の相似の、さらにその相似形である。理想の普賢菩薩をなぞる具体的解明者は西行自身であり、西行はその理想的解明者の観念を自らなぞることによって仏の相似形たらんとするのである。こうした西行自身を含む具体的な他在の解明者（自己自身は対自化された対象としての自己像）をまさに西行の自意識はなぞり取り込むことによって、他在によるなぞりの限界を乗り越えて仏の絶対知の円環をその極限の仕方でなぞり、究極的な在り方で仏による自己解明に臨むのである。

ところで他在としての解明者は、そもそも自己の自意識の相似形である。西行は表現世界に切り結ばれた他在としての自己の相似形の発見を踏まえて、その他在によるなぞりを辿り、自らにおける絶対知へのなぞりを対自化し、意図的に絶対知の実質としての認識をなぞるとともに、他在としての自己の相似形による解明を取り込み続けたのである。なお、その他在としての自己の相似形が仏の相似形であるのは、他在が仏をなぞるからであるが、このことは、およそ自らの仏へのなぞりが暗々裡に他在に映し出される処に由来すると見做してよい。つまり、自らの仏へのなぞりが自らの相似としての他在に暗々裡に映し出されることにより、自己の相似形が仏をなぞる仏の相似形になるのである。その他在による仏へのなぞりが明確な在り方で自らによってなぞられ、自らのそのなぞりを介して絶対知が対自化されるとともに絶対知の実質的認識がなぞられ、他在が取り込まれるのである。(1)

二　絶対知と対自化の重層表現

さて以上のような総括を一旦踏まえた上で、西行のなぞりの根元にある仏の絶対知と表現世界との関係の何たるかについて述べることにする。

相似形の取り込みによる自己の根拠解明は、絶対知の観念の内実たるべき絶対的完結としての表現という在り方で、投企される。この投企によって絶対知の観念へのなぞりによる解明が観念的な表現内容において絶対化されるのである。しかしその絶対化の有り様は有限なる人間がなしたことだから常に時空の変転に相応する在り方で相対的なものへと転変することを免れ得ない。従って絶対知の観念へのなぞりによる解明とその表現による絶対化としての絶対的完結は逆説的な在り方として反復されることになる。

さてその反復は西行においてはその都度の一回的なぞりとその投企の累積としてなされるのだが、その完結した円環の累積は絶対的・絶対完結としての円環（以下、絶対的円環と表わす）の絶対実現へと漸近していることを示すものとして自らによって認識される。その絶対実現は現今において成るのであり、従ってなぞりによる解明と投企は現今における絶対実現を目指したものとして意味付けられなされることになる。つまりその都度の一回的ななぞりと投企が、絶対実現を目指すものとしてその都度の現今における一回性へと方向付けられるのである。

こうした絶対実現を目指した絶対的完結の有り様は、解明の実際内容として絶対知へのなぞりによる絶対的解明を極限的になさしめるものであり、従ってその認識において相似形の取り込みによる解明と自らの完結した円環の累積とが総じて俯瞰されることになる。

この様な絶対的完結もまた相対へと転変するのであり、従って実際上反復される解明の表現内容は、相似形の取り込みによる相対的解明と自らの相対的完結としての円環の累積を示唆的に表わしながらそれらへの対自的認識をなす自己をも示唆的に表わすものとなるのであり、従ってその表現内容は相対的に解明されるものの累積とそれを対自化する自己像ということになる。そうするとなお反復され続ける限り表現内容は、相対的に解明されるものの累積とそれを対自化する自己像という一つの束と、その束をなお更に対自化する自己像の累積ということになる。

この対自化の重層の表現そのもの（直接は示唆としてなされる）は、絶対的完結の相対への転変に由来するものであるとともに、解明の実際を表わすものでもある。解明は自意識の根拠の解明として、相似形を取り込んだ幻境世界を介して根拠を捉えるのだが、その根拠は現存在としての自己の根拠であり、従って現存在としての自己の自意識を捉え、その自意識において自意識の本質としての対自乃至はそれへと転じる存在の境域の有り様を捉えるからである。

そうすると対自化の重層の表現は、それ自身が対自の対自として本来において自己目的的になされていることになるわけであり、相対への転変そのものを現存在の自己として解明的に表わすものということになる。だとすると、対自化の重層的表現は現存在としての自己が自意識をもって存立し続けるかぎり、可能的には何処までも重層化され続けることになる。つまり絶対的円環は何処までも現今において成立しながら、その成立は何処までも現今から疎外され続けるという絶対的逆説となるのである。

三　表現世界における相似形の重層構造

西行はこの絶対的逆説を実際の意識経験として反復するわけなのだが、西行においてはこの絶対的逆説としての相対への転変を是としているのではなく、転変せざるをえない必然性を持ちながらなお完結としての絶対的完結が表現としてなったという点を是としているのである。その完結は投企の瞬間においては絶対的完結なのである。その瞬間は絶えず崩壊するから結局は相対的完結でしかないが、しかし対自的に相対化されたとしても、その相対的完結は絶対的円環の相似形としての相対的完結としての円環なのである。相似的な他在を取り込んだ絶対的円環の相似形なのである。

西行において、その相似形の出来は、絶対的逆説が克服される可能性を持つものであることを示唆するものとして捉えられていると言ってよい。

相似形を西行は表現世界の中において構築する。(2) 表現世界において構築するからこそ相似形は絶対的円環の相似形たりえているのである。この相似形は表現世界の中に思い出として累積される。思い出の累積を支える表現世界そのものは、それ自身においては既存も未在も無く、常に現今において一切の表現活動の思い出が同時に展望可能な世界である。この世界はそのあるべき可能性そのものにおいて、絶対的に絶対完結した世界であると言ってよい。その世界の中に表現活動の思い出が絶対的に累積されている。絶対的逆説は表現世界そのものにおいては成立していないのだ。西行は表現世界への投企においてこの世界そのものの絶対的・絶対完結の有り様の開示に立ち会うと言ってよい。

表現世界における相似形の思い出の累積は、その累積の分だけ謂わば無条件にその表現世界そのものの絶対的・絶対完結の有り様を開示させているのであり、その開示の証しにおいて絶対的逆説はその分だけ確実に克服されているのである。そして一つ一つの相似形はその開示の中にあって開示する絶対的・絶対完結の有り様そのものをかなりの透明度で映し出しているのである。つまり一つ一つの相似形は表現の思い出という在り方で存立し、表現世界そのものの在り方としての絶対的・絶対完結の有り様を各々相似形それ自身へともたらせつつ、表現世界の数限りない表現活動の思い出の個々の開示を各々相似形自らへと相当程度収束させる姿をとって、開示 —— 絶対的・絶対完結の有り様に関する個々の開示を収束させて一つの束が形成されるのであり、その束における個々の開示の重なった上での束全体の開示である —— させるものとなっているのである。

この表現世界そのものは、その絶対的・絶対完結の有り様の点において絶対知の内実としての絶対的・絶対完結の有り様と相等しているものと言えよう。(3) だから相似形の累積の分だけ確実に、絶対知における絶対的・絶対完結としての絶対的円環が開示するのである。相似形は表現世界における思い出という在り方をとって存立し、絶対知の絶対的円環をその思い出としての自ら及び自らの思い出の総量のままに開示し続けるのである。

西行は表現によって、絶対的逆説を克服する相似形による開示を捉えていたと見做しうる。絶対知の観念へのなぞりを絶対的逆説にも関わらず何処までも表現していくのはその為だと言ってよいだろう。開示させる表現のためには絶対的逆説を一旦通過せねばならない。一旦通過するからこそ相似形は形成されるのだ。しかし一旦通過させて形成される相似形は既に絶対的逆説が克服された開示をもたらすものとなるのである。

そうしてみると西行による重層的表現は、自らの意識経験の思い出の全体を一挙に表現世界における全体の開示へと謂わば譲り渡すことだということになるだろう。

この一挙の譲り渡しは、一挙に表現世界としての絶対的円環の絶対的な開示を実現せんとした為であると言ってよい。無論実際は一挙にはならないが、この一挙性はもはや絶対的逆説をもたらさず、その表現は、表現世界における全体的なものを常に示唆するものとして存立する。そしてその表現自身は、自らの思い出の重層を表わしながらそれ自身において開示させるものとなる。思い出の重層の各完結が開示をもたらせつつ重層表現の総体自身が開示をもたらせ続けるのである。絶対知の絶対的円環が、その全体を示唆する相似形の中に幾重もの層をとって開示し続けるのである。

ところで、この全体に対する相似形が幾重もの層をとるのは、全体としての仏の絶対知自体が内部に幾重もの自己としての層を有するからである。

仏の絶対知の観念自体は表現世界の中にある。この観念の言及するものは、その観念を存立させている表現世界そのものと相等である。謂わばこの観念はその在り方の形式において自己言及的に自らそのものを開示しているのである。つまり、仏の絶対知の観念は仏の絶対知やその世界を言及しているが、その対象となるものが何かといえば表現世界そのものと相等のものであり、その表現世界そのものの中にその観念があるのである。だからこの観念は自らを支えるものを指しており、その支えるものの中に自らが存立し、自らは自らを支えるものを開示し、開示されるものの中に自らが入っている様に存立しているのである。つまり仏の絶対知はその存立の構造の形式として、表現世界と相等的に相応する在り方で、幾重もの自己の層を形成しているのである。

そこで、そうであるから、この観念へのなぞりによる表現は相似形として幾重もの層を取ることになるのである。西行はなぞりとして、全体的なこのような幾重もの層をなすものを、相似形として自ら建立し続けるのである。[4]

言い換えれば、仏の絶対知は絶対的に自己完結した自意識の構造を持っていると言ってよい。西行はその構造をなぞり、その構造を相等的に持つ表現世界の中に、自らの自意識の絶対的解明・安定の絶対的完結としてなした相似的な表現、つまり絶対的に自己完結した自意識の構造に相似した構造の表現をなし続けたのである。

さて仏の絶対知の絶対的円環の開示が相似形において常なるものとして示し出されるのは、絶対知の内部構造そのものが常なるものであるからであると言ってよい。この常なる構造或いは観念自体は誰が何処からもたらせたのか。仏がその絶対的覚醒への絶対的願望の裡に、自らの絶対的願望によって根拠そのものたる存在の境域を絶対的に取り込み、その境域を自己の内部へと絶対的にもたらせ投企した処に出来したものであろう。仏はそのことによって絶対知という夢想を獲得し、その夢想の自己反照の働きの中で観念及び構造という抽象と構造の常なる在り方という構造自体の性格とが生成され、存在の境域も又その生成によって構造を獲得したのであろう。西行は相似形の建立によって、自己の根拠そのものとしての存在の境域を、仏の絶対知の相似形として明かるみにもたらせ続けるのであり、その建立を表現世界の常なる構造の中に繋累される相似的な一つの常なる構造の建立としてなし続けるのである。(5)

そしてこのことはまた、自ら取り込んだ他在としての相似形の建立を、表現世界の常なる構造の中の、一つの常なる構造の中の（そのまた中の…）幾つかの小さな構造の建立としてなし続けることでもある。

建立は相似形が全体を覆うまでなされねばならないだろう。そのためにはまた一つ相似形を建立せねばならない。西行は全体を観念においてなぞり、〈問題〉としての自己の根拠を絶対的に解明せんとして、再び現存在の自己における現今の絶対的逆説へと立ち戻るのである。その絶対的逆説においてしか、建立はなしえないのである。

四　自意識の行方

ところで、表現世界と自意識の間で絶対的逆説が成立し続ける限り、西行の自意識は仏の絶対知に漸近し続けるばかりであり、無限の努力を払っても決して絶対知そのものには到達し得ないこともまた明らかである。表現世界における絶対的円環の開示の重畳が〈問題〉の絶対的安定・解明や絶対的逆説の克服を証示しはするが、その証示に絶えず拮抗する形で、西行の自意識は何処までも絶対知に近付きながら何処までも絶対知に到りえないという、絶対的逆説の無限的な再生産の有り様に晒されている、つまり畢竟、悪無限を超克出来ていないのもこれまた確かなのである。(6) その点を敢えて踏まえて言えば、西行本来の絶望は出口を見出し出口を確認し、絶望自身の回避に向けて身を起こしながら、完全には出口から出ることは出来ないのである。つまり、絶望は本質的には、あくまでもその意味においては、回避されないのである。

悪無限的有り様を呈する絶対的逆説の成立は、そもそもは完結の相対への転変に由来するものである。相対への転変は現実経験の世界における時空の相の変化に根本的に根差している。その変化を現存在に即して言えば、現存在における現今の瞬間の瞬間そのものからの疎外である。この疎外は、現存在が時空の相の変化とともにある現実経験の世界に切り結ばれた存在である以上全くもって不可避である。疎外や転変の出来は、まさにその切り結びとしての現存在と現実経験の世界との結節点そのものに基づいている。

現存在と現実経験の世界との結節点が何かと言えば、身体に他ならない。現存在はまさにこの身体に制約されるからこそ疎外乃至は時空の相の変化による転変を決して免れ得ず、自意識の在り方において必然的に悪無限に晒されるのである。

さてそこで、西行においては、この身体の制約に基づく悪無限そのものが断ち切られるなどということは全く考えられていなかったのだろうか。身体に制約された現存在としての現今の自己へと繰り返し立ち返ることだけが目指され続け試みられ続けていたということになるのだろうか。

それは実に否なのである。西行の自意識は、身体に制約された悪無限の決定的な回避をもたらす事態の到来を夢想しているのである。その事態とは、自らの身体の在り方の現実経験の世界における消滅としての死である。身体の死によって、自意識は現存在としての現実経験の世界との結節点における制約から決定的に乖離し、悪無限を脱することが可能となる、西行はそう夢想するのである。

　願はくは花の下《した》にて春死なんそのきさらぎの望月のころ　（山家集・春・七七）

歌意は「願いは満開の花の下で春死ぬということだ。釈迦仏が入滅した日と同じ二月十五日（旧暦）の満月の頃に」である。

この有名な歌で西行は何のけれんみもなく「望月」を詠んでいる。「望月」を詠んだ歌はこれ一首のみである。「望月」は満月であり、「月」としての絶対知の絶対的完結の円満なる完成、つまり絶対知の絶対的・絶対完結そのものを明確に表わすものである。西行は自らの身体の死を決然と見据えることによって、その死によってもたらされるであろう絶対知の絶対的・絶対完結の絶対的且つ一回的な完成の様を表現しているのである。

身体の死は現実経験の世界における特定の時・場所で訪れることが願望され見据えられている。夢想を触発した具体的な事物・事象の存する特定の時・場所において、その触発そのものの絶対的終焉が見据えられているのである。

その時・場所は、釈迦仏入滅の日と同日における満開の花と満月の下である。

西行は特定の時・場所（経典において釈迦仏が捉えた形象を示唆する〔月〕〔花〕の存する場所）を介して、自らの身体の死と釈迦仏の入滅とを正確に重ね合わせるのだ。西行はその特定の時・場所における身体の死によって現実経験の世界を完全に超出し、釈迦仏とともに仏の絶対知の世界に絶対的に入り込むのである。そこは満開の花と満月の観念の形象に彩られた幻境世界そのものであり、また表現世界そのものとして常なる構造とともに存在の境域が絶対的に明るみにもたらされる世界である。自己像や他在の像の思い出の一切は各々合同形として透明に各々の全てを無限に交換し合い、各々として花月の形象に溶解し尽くしている。そこはもはや悪無限の決して成立することのない絶対知の絶対的・絶対完結が完成した世界である。

西行は釈迦仏入滅の時・場所における自らの身体の死によって、悪無限の絶望の決定的な回避の実現がなされることを夢想し表現するのである。

ところが、そもそも西行において身体の死は絶対的に一回的な出来事としてあるものではない。来世まで打ち続く絶望を捉える西行にとって、身体の死による現世の現実経験の世界からの超出は、あくまでも相対的な出来事にしか過ぎず、その意味で、その死は次の世の生へと転じながら幾度も繰り返されると見做されているものである。幾度も繰り返される以上、悪無限は結局は回避されることはないはずである。

しかし、西行は回避されぬ悪無限を現世の身体の死によって敢えて決定的に回避せんと願望するのである。即ち、その願望において、相対的に繰り返される身体の死を絶対的なものにせんとするのである。その願望が絶対的願望の夢想へと取り込まれ、絶対知の絶対的・絶対完結の完成の実現が夢想され表現されているのである。

さて実に奇妙なことであるが、西行はその願望をまさに現世において実際に実現したのである。その死が本質的意味において絶対化されたかどうかは措くとして、西行はその願望し表現した通りの時・場所において平安のうちに臨終を迎えたのである。

西行の死は、同時代の人々に深い感動を与えた。人々は西行の願望し表現した通りのその時・場所における死が、往生の確定を証するものだと信じ、その死を讃嘆したのである(7)。

西行にとって自らの身体の死は、たとえどのように願望し表現したとしても、あくまでも相対的な死に過ぎないものであったことは明らかだったであろう。死の後も生まれ変わり死に変わりしながら〈問題〉に挑み続け開示を捉え続け表現し続けねばならぬことがおよそ予見されていただろう。畢竟、西行は自意識の行方を見極め得なかったと言ってよい。

しかし、人々の暗々裡の絶対的願望においては、西行の自意識はその身体の死によって絶対知の世界で仏に限りなく相即する絶対的・絶対完結の完成の有り様をおよそ呈するものとなったのである。人々の思い出において現実経験の世界における西行という名前はもはや偶然の所与にしか過ぎず、西行の隠遁者としての姿はまさに仏に近似した菩薩或いはそれに近しい者の姿となって彼らの心底にはっきりと現じたのである。もし西行が生まれ変わるとしたならば、人々にとってそれはあくまで菩薩の如き者として自分達を絶対知の世界に渡す為であり、己れの〈問題〉を突き詰め己れ自身を救済せんとし表現する自意識の思想家としてではない。むしろ己れの〈問題〉を突き詰め表現する西行という自意識の隠遁思想家は、絶対知の世界を表現世界を通じて自分達に身をもって示し出し、その世界に自分たちを誘う菩薩の如き者であったのであり、もし再び生まれ変わっても自分達に向けてその救済の営みを繰り返し表わし続ける者なのである。人々の暗々裡の絶対的願望において、西行の絶望の悪無限的旋風は、その身体の死によって、絶対知の世界から世俗世界へともたらされる自意識のあるべき救済をもたらす慈悲の働きへと逆転したのである。

西行は自らの内省のなかで、自らの夢想の転変を噛み締めつつ、人々の自意識の奥底に映ずるであろう菩薩の如き自己像を意識していたであろう。特定の時・場所での身体の死は、西行にとってその自己像と己れ自身における菩薩としての自己像とを合同形にせんとするものとして企図されたものでもあったであろう（ある意味、その時・場所での死はその企図のうちにあらかじめ周到に準備されたものだったのかも知れない）。

人々は花や月を眺めるたびに西行とその表現を思い出す。西行の自意識は人々の思い出を透かして、絶対知の世界としての幻境世界の側から、自らの思い出の宿った形象を、人々の眼前の花や月に逆立的に映し出し続けるのである。

註

（1）他在による仏へのなぞりは、他在自身の意志に基づく場合もある。言い換えれば、他在自身のなぞりに自己のなぞりが反映し共鳴する処において相似形が出来すると言える場合もあるのである。

この自他各々のなぞりによる相似形の出来の根本理由は、絶対知の観念の生成に淵源すると考えうる。生成は初源的には仏によってもたらされたのだが、生成の時点で、仏が他在を取り込む処において、他在へと、他在を自己の（逆立した）相似形として示し出し、且つまた自己を他在の（逆立した）相似形としても示し出し、自己が他在を取り込むとともに、他在によって自己もまた取り込まれることを表し、自他相互の（逆立が超克された）包摂において絶対知が完成することを自他へと提示したと考え得るのである。この提示が絶対知の観念に含意され、観念を捉えなぞる仏以外の人間は、観念を介して自己が仏の相似形（仏が自己の逆立した相似形）であると認識する、と考え得る。なお、自己認識は他己認識と相関的に形成されると言える点において、仏の相似形は、絶対知の観念を介した人間における自他相互の自他認識の反映関係において出来するもの、と言うことが出来るものでもある。

（2）直接は歌（和歌）と詞書及び歌題による表現の世界。なお、歌と詞書とは、題詠表現を別にすれば、意識経験に照らせば各々幻境世界と周縁世界として相互に逆立的に対応している。西行はこの逆立の対応について、それを表現において可能とする歌と詞書という表現形式（歌日記的表現）を用いて表現する。西行はこの形式によって絶対知や諸観念を具体的な意識経験に即した形で表現するのである。西行の現存在への徹底したこだわりである。こうした現存在へのこだわりは小林秀雄の表現を借りれば「宿命」（「様々なる意匠」第一章・註（6）一五頁）の退っ引きならなさを引き受けることだと言ってよいだろう。なお、西行は晩年までこの表現形式に固執しこの形式を踏まえて絶対知の絶対的・絶対完結をなそうとし続けているのだが、最晩年の自歌合においてはこの形式を捨てている。自歌合には詞書がないのである。即ち自歌合においてはおよそ歌日記的表現そのものが歌の表現形式の中へと対自化され乗り越えられているのである。西行におけるこうした表現形式そのものの本質的意味については今後の考察課題とする。

（3）表現世界そのものは、歌日記的表現等に限らずあらゆる表現の思い出が絶対的に累積されている世界である。仏の絶対知の世界は表現及び表現さるべきあらゆる認識者の認識内容を蔵した世界である。表現世界そのものは、この認識内容の一切を相等的に映し出しているものと考えておく。なお、歌日記的表現の世界は、表現世界そのものを（歌題や歌以外の表現も含めて）その表現形式を通して究極的には対自的に収斂せしむべきものとして存立しているもの（自歌合を別にすれば、少なくとも西行はそう見做していたものと考えうる）と考えておく。

（4）この仏の絶対知の世界の多層性が、歌と詞書の（歌日記的）表現や晩年の自歌合表現に対自化された在り方で対応しているものと思われる。

（5）『栂尾明恵上人伝記　巻上』（『明恵上人集』岩波文庫、一五二頁）によれば、西行は「一首読み出ては一躰の仏像を造る思ひをなし、一句を思ひ続けては秘密の真言（仏の言葉）を唱ふるに同じ」（括弧内は論者）と語ったという。この文章は、以上述べたことを、仏の相似形を表現するという点において、表わしていると解してもよいだろう。

（6）慈円の『拾玉集』によれば、西行はその最晩年において「今は歌と申ことは思たえ《ママ》たれ（今となってはもう歌の表現は断念した）」（「西行和歌集成」『西行全集』一二〇〇頁、括弧内は論者）と語ったとされている。表現世界への投企そのものへの懐疑である。この限り、西行の絶望はその生涯を通じて、その極限的な努力にも関わらず、回避されぬままであったと言えるのだ。ここに西行の絶望の絶望たる在り方の異様な深淵を見るべきである。しかし、この懐疑の絶望の中においてさえもなお投企が試みられる。西行は断念したとまさにそのように表現するのである。そしてかく表現しつつ一首の歌「にほてるやなぎたるあさに見わたせばこぎ行跡の浪だにもなし」(『西行和歌集成』同頁)、歌意「琵琶湖の水面を凪いだ朝に見渡すと、漕ぎ行く舟の航跡である波すら立っていないのだ」をこの時詠んでいるのである。歌は、歌の表現を断念した己れによるその己れの対自表現である(表現――乃至は表現さるべき意識の諸経験――の「跡」はもはや残らず空寂――転変し消失した――であり、「己れはもう断念した、というそういう己れのその「跡」の対自化――表現の「跡」には空寂を透かして「跡」の「跡」たるべき対自化の重層の総量が映し出されており、その総量の「跡」を断念した己れのその「跡」が対自化されているのだ――である)。つまり西行は表現世界そのものへの懐疑において、その絶望の深淵の底において、懐疑する己れを、表現を断念した己れを表現するのである。絶対的逆説において表現世界そのものから疎外された己れをなお表現世界へと投企するのである。しかし、それにもかかわらず、またしても必然的に疎外が成立し続けてしまうのである。

(7) 藤原俊成『長秋詠藻』、定家『拾遺愚草』、慈円『拾玉集』に、西行の死の様への讃嘆が表わされており、このことは多くの研究家が指摘している処である。西行の死の報に接して俊成が詠んだ歌を挙げておく。

願ひおきし花の下にて終はりけりはちすの上もたがはざるらん　(『長秋詠藻』新編国歌大観・第三巻一二九・六五二)

歌意は「かねてからの願いであった通りに花の下で入寂されたのだな。極楽浄土への往生は間違いないであろう」である。

あとがき

西行の思想の輪郭に関する搦め手からの概念的再構築を試みたのだが、西行はこちらが辿ろうとして追いかければ追いかけるほど、むしろどんどん遠ざかって行くような印象を与えてくる。追い着いて辿ったと思った途端、西行はあたかも遥か彼方の地平線を軽々と越えて行くかのようである。このことは、論者の力量不足ということだけに起因するのではなく、本書で試みたような概念的理解の仕方——倫理思想史の立場自体への言及は暫く措いて——そのものに由来するものではないか、逆に言えば、西行の思想の内的な運動そのものの全体が一丸となって、我々の概念的理解の仕方に基づく辿りの在り方から本来的に遁走して行く為なのではないかと、まずは考え得る。ところが反対に、西行の思想をことさら追いかけていない時、たとえば山野や海浜などにあって、何気なく風景を眺めている時などに、不意に西行の歌が心をよぎり、花や月や歌枕などの屏風絵のような情景と、その情景の中に佇む西行の後ろ姿が、思想の真相はここにあるのだ、もはや誰の処からも遁走などしないとさえ言いたげに、しみじみとした思い出の如く浮かんで来る場合がある。西行に対する概念的辿り、否辿りそのものは実に難しい。

そもそも何故我々は知らず知らずのうちに、例えば人口への膾炙という形においても、西行を辿るのだろうか。それは、我々の心中に蔵された自意識が暗々裡に西行という思い出に触れ、その思い出とともに示される拠り所そのものに、根本的な関心を（実存の意味に関わる関心と言ってもよい）持っているからである、と考えてよい。その根本的関心が西行への辿りを遂行せしめるのである。ところで、拠り所そのものは、それがどのような内容を持つものとして表現されるかは別として、表現世界に繋塁されたかつての自意識という思い出に対する対自化を通して明るみにもたらされて来るべきもの、少くとも自意識が関与する限り、そうした営みにおいてその存在が証されるべきものと見做しうるものである。そうすると、我々の根本的な関心は、その在り方を言えば、今述べた思い出の対自化として顕在化するその対自の働きの潜在態、或いは潜在する対自の働きとしてあるものである、と言い換えることが出来るものである。西行は、かつての自意識を代表する思い出の一つとして、我々の潜在的な対自の働きに呼応するあり方で、我々の自意識に暗々裡に接して来るのであり、知らず知らずの西行への辿りは、その働きにおいてなされるのである。

さて、我々が西行への辿りを自覚的になそうとするならば、今述べた自意識の根本的な関心及びその顕在化に即する限りにおいては、本来的には西行への対自化において、拠り所の明るみの只中に西行とともに自ら出で立つべく、逆に言えば、出で立つべき在り方としての対自化の遂行として、なされねばならないはずのものである。西行とともに出で立ち、西行との共感のうちに自らの拠り所そのもの及び明るみを了得する経験に到るのである。

こうした謂わば本来的な辿りは、本書におけるような遁走を促す概念的理解に基づく辿り、言い換えれば思想への外在的な辿り（テキストへ内在しながら、その実、思想を外在化してしまうような辿り）においてはなされるべきではないはずであろう。外在的辿りは、直観される固有の経験に基づく思想の内的運動そのものを、一般化或いは合理化可能なる対象へと転化せしめるものであるからであり、その転化は、共感すべき主体的経験の実質を客体化し疎外せしめるものだろうからである。本来的な辿りは、そのような仕方を離れ、思い出の感得とともに西行の思想の内的運動そのものに内在的に立ち入り、その運動において西行を内部から感知する様な仕方でなされるべきものである。つまり、西行の思想を主体内部に即しつつ辿るのである。踏み込んで言えば、思い出において内的運動を直観的に理解するわけだが、その直観した処においてあたかも西行自らが拠り所に接し明るみに出で立ち、その拠り所を自ら観念において内発的に解明し表現する如く辿る、つまり西行自らが思想を立ち上げる如く辿る、という様な在り方でなされるべきものである。少なくとも西行自身の他在への対自的辿りは、本質においてはそうした仕方でなされていると見做してよい。西行の遁走は、西行の思想が、そうした他在へと内在する本来的辿り自体を本質的に内在させ且つそれに即して表現している処に基づくのであり、内容上、外在的辿りの思想からの疎外の謂いなのである。

さて、そうした本来的な内在的な辿りの在り方こそ、思想を我がこととして辿る倫理思想史のあるべき辿りの在り方だと言ってよい。

本書で試みた概念的理解に基づく辿りは、自意識の根本的な関心とその顕在化に即する限りにおいては、倫理思想史のあるべき辿りに向かって乗り越えねばならないものであるのは明らかである。なすべきことは、概念的理解に基づく辿りの仕方自体を、直観した処から逆向きに転ずること、すなわち西行を辿ろうとして西行を直観した処へと概念的に理解すべく向かうのではなく、謂わば西行を直観した処から我々の根本的関心へと、概念の理解或いは理解せんとする一般的乃至は合理的認識の傾向性に拮抗するように向かうことである。

本書の試みは、以上の意味で、倫理思想史としてのあるべき辿りを十全になしたものではない。だがしかし、だからと言って、概念的理解に基づく西行への辿りが倫理思想史のあるべき辿りに対して全く用のないものであるのではない。むしろ概念的辿りは、あるべき辿りに向かう謂わば里程標としての意義を担うものである。概念的辿りの手続き、それが本書で成功しているかどうかは一旦措いて、その手続きをひとたび踏むことなくして直接的な形で直観的理解にのみ固執せんとすることは、認識のある種の危うさをともなうものであることもまた確かであるからである。極度の自意識家ではない我々において直観的理解にのみ拘泥することは、往々にして無反省かつ独善的な自己満足や自己愛的な自恃に堕してしまう場合がしばしばであろうからである。そうした自意識の瞞着は、かえって西行の思想の真相や拠り所の何たるかを隠蔽することにもなって来るのである。

そこで、概念的辿りの手続きによって、西行の思想の輪郭を明らかにしておくこと、その輪郭像を通して拠り所の何たるかを示唆的に指し示しておくこと、即ち言い換えれば、西行の思想の形式、及び自意識の根本的関心が向かうべき拠り所の有り様の標準となる形式を示しておくこと、そうした里程標によって瞞着が少なくとも反省の俎上に上り得るのであり、なお且つ倫理思想史としてのあるべき辿りの実質がそれとして俯瞰されても来得るのだと言えるのである。

本書はその反省と俯瞰の為の試み、正確に言えば、その一分の準備をしたものである。あくまでも一分の準備でしかないが、敢えて言えば、一分の準備によってはじめて里程標の全体や、里程標を乗り越えた先にあるべき本来の方向と筋道とを確認し得るのである。

さて、我々はそうした里程標全体や本来の方向乃至は筋道を見定めながら西行の思い出を反芻し、西行への倫理思想史としてのあるべき辿りを始めねばならない。それとともに我々自身の思想としての内発的表現を、我々自身の夢想と懐疑とともに始めねばならない。畢竟、西行の思想、否拠り所そのものが、我々自身の思想としての表現を要請してやまないのである。

本書は、私の書き下ろしの論文博士論文「西行における自意識と宗教観念——倫理思想史的考察」（二〇〇四年三月、博士（哲学）取得（専修大学））を短くまとめ直したものである。題・副題を変え、一部の章や節を削除もしくは追加し、また章や節の配列を組替え、第一～六章冒頭に要旨を書き加え、さらに本文も大幅に加筆修正した。特に大きく変更した点は、上記の博論では西行と神道との関連についていくつかの章を立てて論じたのだが、本書では仏の絶対知との関わりをテーマとしたため、その点の論述を割愛したことである。この部分については、いずれかの機会に発表したいと考えている。なお第三章の「能因へのなぞり——白河の関を中心に」は『生の空間意識をめぐる倫理学的研究』（平成十二～十五年度科研費（基盤研究B2）研究成果報告書、共立女子大学、二〇〇四年九月）に「西行と歌枕——『白河の関』における能因へのなぞりを中心に」として、博論の当該章を踏まえて発表したものをさらに加筆修正したものである。

本書は概念を多用した為もあり、些か晦渋なものとなってしまったが、読者諸氏におかれては序章の終わりとあとがきで述べた主旨をご理解頂き、ご批判ご教示を頂ければ、幸いである。

本書の出版にあたっては次の方々の協力を得ました。私の学問上の師である倫理学の佐藤正英先生には、草稿の段階から何度も目を通して頂き、数々の貴重なアドバイスを頂きました。また本書の編集は、専修大学大学院文学研究科哲学専攻修士課程在学中の五喜田雅仁君に仕事をして頂きました。カバーデザインは(有)スターダストの馬田裕次氏に制作して頂きました。専修大学出版局の笹岡五郎氏には出版・編集についての数々の木目細かいアドバイスとご配慮を頂きました。以上の方々による長期にわたる持続的な善意のご協力がなければ、本書の出版は決して適わないことでありました。記して感謝申し上げます。

最後に、本年四月に亡くなられた大川瑞穂先生には終始変わらぬ励ましのお言葉を頂きました。長年のご厚誼に感謝申し上げますとともに、ご冥福をお祈り致します。

平成十九年九月

毛利　豊史

著者略歴

毛利　豊史　（もうり　とよふみ）

1957 年　愛媛県に生まれる

1990 年　専修大学大学院文学研究科哲学専攻博士後期課程単位取得退学

2004 年　博士（哲学）取得（論文博士 / 専修大学）

現　在　明治学院大学，専修大学，共立女子大学　非常勤講師

論文

「道元の『光明』」（『日本思想史学』23 号，1991 年）

「西行における『花』を主題とした思想」（『日本における自己と超越者の倫理思想史的研究』平成 5 年度科研費報告書，1994 年）

「西行の『月』における彼岸のリアリティー ——『はげしきもの』と『もの思ふ心』をめぐって」（『生田哲学』創刊号，1995 年）

「西行における『郭公』の意味するもの —— 超越的世界との対話」（『日本人の倫理的諸観念をめぐる非文字資料の研究』平成 6 ～ 8 年度科研費報告書，1997 年）

「西行と歌枕 ——『白河の関』における能因へのなぞりを中心に」（『生の空間意識をめぐる倫理学的研究』平成 12 ～ 15 年度科研費報告書，2004 年）

ほか

西行の思想　自意識と絶対知

2007 年 11 月 30 日　第 1 版第 1 刷

著　者　毛利　豊史

発行者　原田　敏行

発行所　専修大学出版局

〒 101-0051　東京都千代田区神田神保町 3-8-3

㈱専大センチュリー内

電話　03-3263-4230㈹

組　版　五喜田雅仁

印　刷
製　本　株式会社 加藤文明社

©Toyofumi Mouri 2007　Printed in Japan

ISBN 978-4-88125-197-3